Christophe Carlier

Christophe Carlier est l'auteur de *L'Assassin à la pomme verte* (2012), prix du Premier Roman 2012, et de *L'Euphorie des places de marché* (2014), tous deux publiés chez Serge Safran éditeur. *Singuliers*, son troisième roman, a paru en décembre 2014 aux éditions Phébus. Il est aussi l'auteur de *Lettres à l'Académie française* (Les Arènes, 2010) et de plusieurs autres essais dont *Happé par Sempé* (Serge Safran Éditeur, 2013). Son nouveau roman, *Un prénom en trop*, a paru en 2022 chez Plon.

UN PRÉNOM EN TROP

CHRISTOPHE CARLIER

UN PRÉNOM EN TROP

PLON

ISBN : 978-2-266-33187-6
Dépôt légal : mars 2023

Note de l'éditeur

Ce roman est le lauréat de la deuxième édition du Prix du roman de la gendarmerie nationale.

Présidé par le général d'armée Christian Rodriguez, directeur général de la gendarmerie nationale, le jury réunit gendarmes, journalistes et écrivains, tels que Maxime Chattam, Françoise Bourdin, Cécile de Ménibus, Emmanuel Chaunu, Virginie Carton, Éric Delbecque ou Yves Thréard…

Pour Frédéric Viguier, avec mon amicale reconnaissance

« Comme d'autres par la tendresse,
Sur ta vie et sur ta jeunesse,
Moi, je veux régner par l'effroi. »

Charles Baudelaire,
Les Fleurs du mal, « Le revenant »

J'ai rencontré Rebecca il y a un peu moins de deux ans et ses traits se sont aussitôt gravés en moi. Sa silhouette, apparue vers une heure du matin dans la touffeur d'une boîte de nuit, avait quelque chose d'envoûtant.

Les yeux noirs. De longs cheveux châtains. Une manière de bouger qui n'appartient qu'aux gens très jeunes. Un mélange d'élégance et de maladresse qui m'a paru extrêmement excitant. J'ai été aimanté par elle au moment où je l'ai aperçue. Après quoi, je n'ai pas réussi à la quitter des yeux.

Cela s'est passé de façon à la fois brutale et douce. Je l'ai observée dans la lumière tamisée du bar. Suivie des yeux sous les projecteurs de la piste de danse. Ses mouvements ne ressemblaient pas à ceux des filles qui l'entouraient. Ils étaient plus gracieux et plus fous.

D'où nous viennent les premiers mots que nous inspire le corps des femmes ? En la regardant, un autre que moi aurait peut-être pensé : une affaire. Ou encore : une jolie pute. Sur le moment, j'ai murmuré : une merveille. Cela m'a étonné moi-même. J'avais le sentiment d'avoir fait la bonne pioche.

Il y avait beaucoup de monde autour de nous, mais c'était elle, elle seule, qui m'hypnotisait. Je l'ai détaillée, comme on caresse un chat, comme on respire un parfum, comme on vide un verre d'alcool. En l'épiant, j'éprouvais la double sensation de la volupté et de l'infini.

Elle dansait. Elle balançait la tête à gauche ou à droite. Fermait les yeux. Levait les bras en l'air, comme si rien d'autre n'existait qu'elle-même. Parfois, elle se penchait vers un de ses voisins pour lui dire un mot, mais elle ne s'adressait qu'à sa bande de copains, en ignorant le reste du monde.

Je l'ai fixée.

Longtemps.

En vain.

Je me suis approché. À certains moments, sur le dancefloor, j'étais juste à côté d'elle. J'aurais pu la prendre dans mes bras. L'atmosphère s'y prêtait. Il y avait tout autour de nous du désir et de la musique. Des couples qui cherchaient à se former. Je lui ai souri plusieurs fois ; elle ne m'a pas répondu.

Ou plutôt, non : elle ne m'a pas vu. Cette nuit-là, je l'ai observée pendant des heures. Quand son regard se posait sur moi, j'avais le sentiment d'être invisible.

Entendez-moi bien : Rebecca ne m'a pas ignoré intentionnellement, de manière délibérée et presque stratégique, ce qui se produit chaque fois qu'une fille essaie de faire marcher un garçon. L'indifférence feinte est souvent une marque d'intérêt. Les dragueurs le savent depuis la nuit des temps.

Elle n'a pas non plus cherché à me faire comprendre, en se détournant ostensiblement de moi, que je ne lui plaisais pas. Auquel cas tout aurait été plus simple. Les femmes ont une manière très éloquente de nous signifier qu'elles ne veulent pas de nous. Cela aussi, j'aurais pu l'admettre.

Rien de tel dans son attitude. À aucun moment, elle ne m'a adressé le moindre signal pour m'informer que je n'avais aucune chance. Elle ne me voyait pas, voilà tout.

Et cela ne m'était jamais arrivé.

Souffrait-elle d'un trouble de la vue ? Ou y avait-il quelque chose qui empêchait mon image de s'imprimer sur sa rétine ? Impossible de savoir. C'était mystérieux. C'était cruel, aussi. L'amour l'est souvent.

Son indifférence a instauré entre nous une asymétrie fascinante. À deux heures du matin, elle n'avait pas encore conscience que j'existais. Je savais déjà qu'elle allait compter énormément pour moi – et moi pour elle.

À quel moment ai-je décidé que j'allais entrer dans sa vie ? Je ne sais plus, mais les rôles ont été distribués très vite.

Mes tentatives d'approche n'avaient rien donné. Il ne me restait qu'une chose à faire : disparaître tout à fait, me fondre dans l'anonymat. Me dissoudre. Avant de forcer sa porte. On peut toujours pénétrer dans une maison fermée, même par effraction.

Quant à aller au-devant d'elle, quitte à m'exposer à une rebuffade, il n'en était déjà plus question. Les règles du jeu avaient été posées. Simples et définitives. Vers elle, j'allais avancer dans l'ombre, sans me faire remarquer, comme le lion vers l'antilope, en attendant le moment fatal où elle serait bien obligée de plonger enfin ses yeux dans les miens.

Avant cette soirée, je n'étais jamais allé au Nausicaa, mais j'ai suffisamment fréquenté ce genre d'établissement pour en connaître les rites. La nuit et l'alcool aidant, il vient toujours une heure où, les filles étant parties se remaquiller, les garçons fraternisent, jettent des phrases en l'air, osent des plaisanteries sans importance. Les plus taciturnes se laissent aller au bavardage. Quand on les quitte, ils n'ont même pas conscience d'en avoir trop dit.

Je me suis rapproché de tous ceux avec lesquels j'avais vu Rebecca échanger quelques mots. Ce sont eux qui m'ont appris son prénom. Je les ai laissés parler. Je les ai fait rire. Je leur ai raconté qu'elle était le sosie d'une de mes amies – une dénommée Natacha, que j'avais inventée de toutes pièces, et qui serait venue de Marseille pour fêter son enterrement de vie de jeune fille.

Ils s'esclaffaient.

— Rien à voir ! Rebecca vient d'Annecy. Et elle n'est même pas fiancée !

Je continuais mon histoire. Ils jouaient au jeu des sept erreurs. Ce faisant, ils me lâchaient quelques informations. Quand l'un d'eux n'avait visiblement plus rien à m'apprendre et commençait à devenir collant, j'allais offrir un verre à quelqu'un d'autre.

Ce manège m'a permis d'en apprendre beaucoup sans éveiller l'attention de personne. Je mémorisai son nom de famille. Meyrowitz. Je découvris également que ses vacances – qu'elle passait chez une amie, dans une grande maison blanche à la sortie de La Ciotat – étaient presque terminées.

À la fin de la nuit, quand je l'ai vue s'éloigner légèrement grise, en direction du parking, j'ai murmuré :

— À tout à l'heure, Rebecca.

Sur le moment, je n'ai même pas éprouvé la tentation de la suivre. C'était inutile, puisque je possédais le moyen de la retrouver.

En outre, j'avais deux certitudes.

La première : que je prendrais tout mon temps pour me glisser près d'elle. Lenteur et volupté font bon ménage. Mon projet était de ne rien hâter.

La seconde : que le jour où je déciderais enfin d'entrer dans sa vie, avec toute la patience dont je suis capable, ce serait non pour la partager, mais pour la dévaster.

À ce moment-là, Rebecca ne pourrait plus m'ignorer. Je serais même le seul homme à exister encore pour elle.

Le Nausicaa est un immense cube de béton construit dans la banlieue de Toulon. De loin, ça ne ressemble à rien. Ou peut-être à une usine. En plus coloré. Chaque nuit, pendant l'été, des dizaines de filles tournent dans la lumière pendant que les garçons les frôlent. On échange des coups d'œil, des caresses et des baisers. Parfois des numéros de téléphone.

Le soir où j'ai rencontré Rebecca, je n'étais pas différent des autres. J'étais un de ces jeunes mâles tenaillés par le désir, qui ne sont pas venus chercher le grand amour. Un quart d'heure de plaisir les motiverait davantage.

Par quel hasard suis-je tombé sur elle ? Impossible de le savoir, mais rétrospectivement, je me dis que j'ai eu de la chance. Une beauté facile m'aurait forcément moins intéressé.

En somme, je peux dire merci à la nuit, à l'été et au Nausicaa.

Au début, constater que Rebecca était incapable de me regarder – que quelque chose l'empêchait physiquement de me voir – m'avait posé problème. Cela m'avait semblé douloureux et injuste.

On change avec le temps.

Par la suite, savoir que son regard sélectif m'excluait d'emblée de son champ de vision m'apparut comme une chance. Ce détail allait considérablement me faciliter la tâche.

La semaine suivante, dans des localités voisines, plusieurs filles qui étaient parties courir à l'aube furent attaquées au bord de la mer.

La première rencontra un homme au visage masqué qui l'obligea à se déshabiller, après quoi il aspergea ses vêtements d'essence et y mit le feu. Il parut hésiter à la transformer en torche vive, mais décida de l'épargner. Finalement, il la laissa nue sur la plage déserte. Elle attendit en grelottant les premiers baigneurs auxquels elle fut contrainte de demander du secours.

La deuxième fut battue et laissée inanimée sur le sable. Les coups avaient été si violents qu'elle ne gardait aucun souvenir de son agresseur. Interrogée par la police, elle fut incapable de lui fournir la moindre information.

La troisième avait probablement vu le visage de son bourreau. C'est du moins l'hypothèse que firent les enquêteurs pour expliquer que, après s'être acharné sur elle, il ait fini par la mettre à mort.

Le flic chargé d'annoncer la nouvelle à la famille prononça d'une voix assourdie une phrase qu'il devait juger consolante :

— Ce sont des choses qui arrivent.

Les parents de la victime, la lèvre affaissée, le regard mort, ne purent articuler la moindre réponse. Il se demanda s'ils comprenaient le français.

Il ajouta qu'on ne tarderait pas à arrêter l'assassin.

Et cela ne se produisit pas.

I

Sur ses traces

Quand Rebecca a quitté le Midi, je suis parti sur ses talons, avec ma casquette, mes lunettes noires et mon sac à dos. Je n'avais plus rien à faire dans la région. Mon seul projet, puisque j'étais sans attache, était de la rejoindre à Annecy.

À mesure que le train s'avançait vers les montagnes et que le paysage verdissait, je ressentais une impression étrange. Absente, Rebecca me tenait compagnie.

Je l'ai stalkée sur le Web pour collecter quelques renseignements. Prudemment. Je m'arrangeais pour qu'on ne puisse jamais remonter jusqu'à moi.

Sitôt qu'un ordinateur était laissé à la disposition du public dans un lieu dépourvu de caméra, je tapais son nom et son prénom. Parfois, je tombais sur une photo d'elle. Mon cœur s'accélérait. Il me semblait sentir son souffle et même son parfum.

C'était une fille discrète, dont le nom n'apparaissait ni sur Facebook ni sur Instagram. En revanche, j'ai trouvé sa trace sur divers forums. Elle pétitionnait pour la protection de la planète et pour le bien-être animal. Généreuse, en somme, mais tout de même pas au point de s'intéresser au sort des migrants.

Sportive. Participant de temps à autre à une compétition de ski. Sur ce plan-là, elle avait bien choisi sa région.

Aimant la musique classique. J'aurais dû m'en douter. Une artiste. Elle jouait de l'alto dans un ensemble.

Il n'était pas difficile de trouver son adresse ni le nom de la société pour laquelle elle travaillait. Un truc sérieux, positionné sur un secteur pointu.

Tandis que je concentrais mes recherches sur elle, j'évitais de l'approcher physiquement. Durant le mois de septembre, elle ne m'a pas croisé une seule fois.

Je visitais Annecy où je n'étais jamais allé. Quelques jours m'ont suffi pour m'habituer à l'alternance des façades ocre et de la pierre grise, dominées par la silhouette massive du château. Les gens se promenaient le long du canal et sur les bords du lac. Je me mêlais à eux. Je me familiarisais avec ce bâtiment sinistre que l'office du tourisme signale comme agréable à l'œil et sur lequel on retombe toujours, dans quelque direction qu'on aille : les Vieilles Prisons.

Le temps était beau et les touristes encore nombreux. En fin de journée, les terrasses des cafés se remplissaient. Je suivais du coin de l'œil le manège des séducteurs, qui se croyaient une chance avec toutes les filles. La plupart étaient terriblement pressés de conclure. C'était leur point faible. Ils manquaient de patience et plus encore d'imagination. Tant pis pour eux. Mon rôle n'était pas de leur donner des conseils.

Quand un journal local me tombait sous la main, *Le Dauphiné libéré* ou *L'Essor savoyard*, je parcourais la rubrique des faits divers. Dans ce pays de lacs et de nuages, le crime était rare. C'est à peine si l'on mentionnait, un jour, un règlement de comptes dans le milieu lyonnais, un autre, une escroquerie. Les assassins se la coulaient douce.

Faute de mieux, les journalistes se rabattaient sur la rentrée des classes ou détaillaient les nouveaux aménagements urbains. On s'ennuyait. N'est-ce pas toujours le cas dans les villes d'eau ?

C'est au travail que j'ai rencontré Rebecca. Je ne crois pas que nos routes auraient pu se croiser ailleurs.

Durant les derniers mois de mes études dans une école de commerce lyonnaise, j'avais envoyé des lettres de candidature à plusieurs entreprises de la région Auvergne-Rhône-Alpes. DireXon, une société de conseil en stratégie basée à Annecy, a été la première à me répondre.

Fin juin, j'ai pris le train pour aller passer mon entretien.

Les abords des gares sont toujours sinistres. Je n'ai pas ressenti cette impression en sortant de celle d'Annecy. Les rues semblaient peuplées de gens heureux.

À pied, j'ai rejoint le bord du lac et je suis entrée, après un petit quart d'heure de marche, dans un immeuble auquel je trouvais une allure luxueuse. La façade était blanche. Le hall d'entrée ressemblait à celui d'un grand hôtel. Les deux derniers étages étaient occupés par des bureaux.

J'ai été reçue par deux trentenaires, dont la décontraction m'a paru enviable. Alors qu'ils ne m'avaient jamais vue, ils m'ont donné l'impression de savoir exactement qui j'étais et ce que je pouvais leur apporter. Ils avaient des idées sur ce qu'ils appelaient mon profil, que j'aurais été incapable de définir.

Le contact a été facile.

Ils étaient pressés de recruter.

Le mieux serait que je commence début septembre.

Cela me laissait quelques semaines pour m'installer dans cette ville que je ne connaissais pas. J'y ai flâné en touriste, attendant d'y prendre mes marques.

Les appartements du centre-ville étaient inabordables, surtout si leurs fenêtres donnaient sur le lac ou les montagnes. Je me suis rabattue sur un deux pièces d'un immeuble de la périphérie. Sans charme, mais qui était du moins dans mes prix.

Je savais que l'entrée dans la vie professionnelle est une étape décisive. On pénètre dans un univers où il va falloir s'imposer. Je m'apprêtais à effectuer le grand saut.

Les premiers jours, quand, avant de rejoindre DireXon, je me garais sous les grands arbres de l'avenue d'Albigny, j'avais impression de devenir une autre. Je claquais la portière de ma voiture. Jetais un regard sur le lac dont les eaux, d'un bleu si vif quand il faisait beau, se décoloraient quand il pleuvait. Puis je me dirigeais vers l'immeuble blanc qui m'avait impressionnée le premier jour.

Dans nos bureaux, l'accent légèrement chantant que je rencontrais partout dans la ville n'avait pas cours. On prononçait « bonjour » avec une intonation que j'ai aussitôt adoptée. On parlait un langage précis, coloré d'anglicismes. On abrégeait les termes trop longs. On raffolait des sigles et des acronymes. Je tentais d'identifier les mots qui plaisaient, ainsi que la manière de se tenir et de se comporter.

La silhouette la plus marquante était celle de Rebecca, notre responsable juridique dont j'appris dès le premier jour qu'elle avait commencé sa carrière en Suisse.

De sept ans mon aînée, elle incarnait à mes yeux la réussite. Je n'étais pas moins frappée par son aisance que par la courtoisie avec laquelle elle s'adressait à ses collègues. Elle fut la seule à ne pas me tutoyer le premier jour, et, quand elle prononçait « Violette », en détachant toutes les lettres, je me sentais presque émue. C'était la première fois que je ressentais autant de plaisir à m'entendre nommer.

Le froid s'installa en octobre. En deux semaines, la ville devint hostile. Le bronzage de Rebecca avait disparu. Les Annéciennes ne souriaient plus aux inconnus. J'ai pensé que c'était un bon moment pour refaire surface.

Je suis allé traîner près de son immeuble situé dans la vieille ville. Je me suis approché pour observer la façade. Les balcons étaient opulents, les murs épais, le porche imposant. Je suis entré pour humer l'odeur du hall et de la cage d'escalier. Le doux fumet de l'ancien. Javel et moisissure mêlées.

Rebecca vivait dans une des rues que les touristes photographient tout l'été et que les notables, si discrets quand il fait beau, se réapproprient aux premiers jours d'automne. Au pied de chez elle, un bouquiniste vendait des partitions. C'était un bel endroit pour mourir en musique.

Comme je m'attardais sur le trottoir, j'ai sursauté en entendant les voix aigres de deux commères dont le seul plaisir était visiblement de se plaindre. En l'absence de la gardienne, qui ne rentrerait qu'à la fin du mois, le facteur déposait le courrier en vrac sur les boîtes aux lettres, à charge pour chacun de récupérer son dû.

— C'est embêtant, affirmait l'une.

— Très embêtant, répétait l'autre.

Pour elles, peut-être. Pour moi, c'était une opportunité.

Pendant trois semaines, juste après le préposé qui passait vers dix heures, je me suis engouffré dans le hall. Et j'ai ramassé les plis adressés à Rebecca.

Des relevés de banque.

Un dossier administratif où figuraient sa date et son lieu de naissance. Tiens ? Elle aurait bientôt trente ans. De loin, elle paraissait plus jeune.

Quoi d'autre ? Une carte postale. Des pubs. Et un avis de recommandé que je n'ai pas jugé utile de lui transmettre.

Mon objectif n'était pas de lire sa correspondance, dont je me fichais comme de l'an quarante, mais de jeter le trouble dans son esprit. Au fil des jours, elle a forcément remarqué qu'elle ne recevait plus rien. Pourquoi ? Je l'ai laissée répondre elle-même à cette question.

Et mener sa petite enquête.

S'est-elle adressée au bureau de poste ? Dans ce cas, les employés l'auront envoyée sur les roses.

A-t-elle interrogé ses deux voisines ?

Ces braves femmes lui auront sûrement adressé quelques paroles compatissantes.

Pour mieux ricaner dans son dos.

Les vieilles dames apprécient rarement les jolies filles.

— Vous avez une seconde, Violette ?

Au terme de mon premier mois chez DireXon, Rebecca me demanda un matin de la suivre dans son bureau. Mickaël, un garçon qui avait été recruté un an avant moi, nous regarda en silence.

Quand elle eut refermé la porte, elle m'annonça qu'à partir du lundi suivant je travaillerais avec elle.

— À ma demande, ajouta-t-elle avec un sourire, avant de m'expliquer ce qu'elle attendait de moi.

Mon étonnement et ma reconnaissance étaient si grands que, sur le moment, je n'ai pu que balbutier. Ainsi, cette femme qui me paraissait si distante m'avait remarquée ?

— Ne te réjouis pas trop vite, me lança Mickaël, quand je lui fis part de la nouvelle.

Sachant qu'il voulait rejoindre le pôle juridique, j'ai attribué sa remarque au dépit. Il bougonna d'une voix sourde qu'une affectation de ce type était provisoire, qu'elle ne préjugeait pas de mon parcours dans l'entreprise et, surtout, qu'elle ne constituait pas une promotion. Il avait probablement raison.

Pourtant, au cours de la journée, plusieurs personnes sont venues me féliciter.

Le moment n'était pas encore venu de me manifester directement à Rebecca. Je me contentais de donner une pichenette à son quotidien – tout en me tenant respectueusement à distance, à la manière d'un amoureux transi.

Un jour, elle a garé sa voiture à quelques mètres de moi. C'était une petite Austin rouge qui sortait visiblement du garage. Une fraction de seconde, j'ai été tenté de saisir n'importe quel objet et de faire voler le pare-brise en éclats, histoire de faire sursauter sa propriétaire. De l'amener à comprendre que j'existais.

Mais non.

Ce coup d'éclat aurait été sans lendemain. Et il aurait fallu en assumer les conséquences.

Je n'avais pas envie de me comporter comme si j'étais stupide.

Il fallait résister à la tentation de la violence.

J'ai passé mon chemin.

Seulement, je suis revenu un peu plus tard pour dégonfler à demi le pneu arrière.

C’est trois fois rien et c’est extrêmement contrariant.

Bien entendu, j’ai renouvelé l’opération. Revenir à la charge est la clé du plaisir.

Mickaël m'apprit que Rebecca avait passé son enfance à Genève. Cela me plaisait qu'elle ait grandi ailleurs. Sa famille – des protestants, dont le plus connu, peut-être un oncle ou un cousin, possédait une galerie d'art – habitait le quartier des Eaux-Vives.

Je tapai son nom sur Internet. Meyrowitz. Il était associé à celui de plusieurs mécènes, auxquels on devait notamment une fondation qui organisait, l'été, des concerts en plein air.

Chacune de ces informations confirmait mon intuition. Le monde dans lequel évoluait Rebecca n'avait rien de commun avec le mien. Je lui étais d'autant plus reconnaissante du soin qu'elle apportait à ne jamais me le faire sentir.

J'imaginais que tous mes collègues partageaient mon admiration pour cette statue à la voix douce et aux gestes mesurés, issue d'une longue lignée de financiers et d'artistes, mais que serait la vie de bureau sans médisance ? Je dus reconnaître l'évidence : au détour d'une phrase, par une allusion, une intonation, certains se plaisaient à écorner son image.

Sans remettre en cause la compétence de Rebecca, ils lui reprochaient – au moins à mots couverts – de manquer de diligence ou de précision. De ne pas répondre à des messages qui appelaient une réaction rapide.

À mon sens, si elle avait pu négliger certains dossiers, c'est manifestement qu'ils étaient secondaires. Cependant, mon recrutement était trop récent pour que j'ose prendre sa défense en public. Je n'avais pas encore voix au chapitre.

Et puis, chez DireXon, aucune critique ne semblait porter à conséquence. L'ambiance était cordiale, les relations fluides, les rivalités contenues. Ce parti pris de courtoisie avait son charme. Il m'a permis de croire un certain temps que les désaccords ne pouvaient être que superficiels.

Un jour, cependant, au cours d'une réunion, Loïc, un de nos jeunes directeurs, s'agaça d'un contretemps. Puis il regretta sur un ton acerbe que certains d'entre nous se dispensent de déjeuner avec leurs collègues, ce qui, dit-il, ouvrait la voie à des malentendus. Tout le monde ne comprit pas immédiatement l'allusion.

Croisant le regard de Mickaël, je devinai que la remarque visait Rebecca. Il était fréquent que celle-ci commande à l'extérieur une collation qu'elle prenait, porte close, dans son bureau. Quoi qu'il en soit, le reproche était stupide, d'autant que son auteur était connu pour prolonger indéfiniment au restaurant des conversations dont il ne ressortait jamais rien. Loïc était le champion des petits verres et des notes de frais.

Absente de la réunion, Rebecca ne put évidemment pas répondre à cette mesquinerie, qui renforça mon désir de me rapprocher d'elle et, à ma manière, de la protéger.

Les médisances ne pouvaient ternir le respect qu'elle m'inspirait.

Je l'admirais.

J'enviais sa réserve et son indépendance. Comme d'autres, peut-être même comme celui qui l'avait critiquée, j'admirais sa démarche. La grâce avec laquelle elle évoluait. Sa manière de s'habiller.

Elle portait du bleu marine, du gris clair. De la maille. Des vêtements qui épousaient la minceur de son corps et semblaient avoir été taillés pour elle.

Difficile de savoir ce que pensait Rebecca à cette époque. Il ne faut pas minimiser la part du doute : après tout, qu'est-ce qui lui prouvait que le mauvais acheminement du courrier n'était pas dû à un mouvement social ou que son fichu pneu ne se dégonflait pas tout seul ?

Pour elle, je n'existais encore qu'à l'état d'hypothèse. Cela ne me déplaisait pas. Être un fantôme n'est pas désagréable.

Elle ne me voyait toujours pas, et aurait-elle aperçu ma silhouette qu'elle ne l'aurait pas remarquée. Mais elle commençait à deviner ma présence. Légère. Diffuse. Pas une caresse, bien sûr, mais un frôlement. Une toile d'araignée qui effleure la peau du visage. C'est presque rien. Et pourtant ça existe, et c'est gênant.

Se pouvait-il que quelqu'un lui en veuille ? Qui donc et pourquoi ? Si elle se posait ces questions, il est probable qu'elle s'appliquait à les chasser aussitôt de ses pensées.

Un jour de beau temps, un dîner agréable avec des amis, et je disparaissais de son esprit. Elle m'effaçait comme un mauvais rêve.

Un malheureux concours de circonstances, une insomnie, un chagrin, et voilà que je refaisais surface.

J'ai vécu cette époque comme une lune de miel.

Rebecca ne faisait pas partie de ceux qu'on apprivoise. Je dus me résigner à la regarder de loin. Parfois, une conversation me permettait d'apprendre quelque chose à son sujet, mais je m'abstenais de poser la moindre question.

Les informations me parvenaient selon un rythme capricieux. Certaines semaines me laissaient insatisfaite ; d'autres étaient plus riches. C'était probablement par désir d'indépendance que Rebecca s'était éloignée de la Suisse, où vivaient ses parents. Elle avait une sœur. Pas d'amoureux connu. Aux brasseries sonores elle préférait les restaurants feutrés. Allait plus volontiers au concert qu'au cinéma. Elle jouait de la musique avec ses amis.

J'explorais sa galaxie, que je trouvais lointaine et irréelle. Quand il lui arrivait de m'interroger sur mes goûts et qu'elle balayait d'un mot une chanson ou une série que j'adorais, le mépris léger, sans doute involontaire, qui se devinait dans sa voix ne parvenait pas à me blesser. Au contraire. J'aimais sa manière de ne pas croire à mes dieux. De me renvoyer d'une chiquenaude à mes ténèbres.

Au fils des jours, je perfectionnais mon rôle de soubrette de théâtre, qui n'existe qu'à titre de faire-valoir.

Je l'ai suivie un jour dans les allées d'une grande surface où elle achetait ses biscottes sans gluten, son jus de carotte et son lait écrémé. Il y coulait une musique douce, de temps à autre interrompue par une annonce.

À un moment, elle a laissé son Caddie à demi rempli afin d'aller chercher quelque chose dans un rayon. J'en ai profité pour y déposer quelques articles qu'elle n'avait pas choisis. Des pièges à cafards. De la mort-aux-rats. Et un shampoing anti-poux.

Quand elle est parvenue à la caisse, elle a dû croire qu'un client distrait avait commis une erreur. Peut-être même a-t-elle plaisanté avec la caissière.

Au début, du moins.

Après coup, elle a dû réfléchir différemment. Il y avait peu de monde à cette heure-là dans le magasin. L'hypothèse que quelqu'un se soit trompé de Caddie n'était pas très vraisemblable. C'était forcément autre chose qui s'était passé.

J'imagine qu'au cours du mois de novembre elle a progressivement établi un lien entre ces tracas qui surgissaient spontanément sur sa route, n'importe où, n'importe quand, et qui ne pouvaient pas relever d'un simple concours de circonstances.

On dit que le diable est dans les détails. C'est à travers eux en effet que je me suis d'abord manifesté.

Un soir, alors que nos collègues commençaient à partir et que nous étions presque seules à l'étage, Rebecca me fit une confidence inattendue. Depuis plusieurs semaines, elle avait l'impression qu'on lui jouait de méchants tours.

Qui donc ? Elle l'ignorait.

Il y eut un moment de gêne entre nous.

Peut-être regrettait-elle déjà son aveu, mais après ces premiers mots, il était difficile de ne pas m'en dire davantage.

Tout le monde pouvait se tromper, admit-elle, elle n'était donc pas sûre de ce qu'elle avançait, mais les faits s'enchaînaient de manière troublante.

De quoi parlait-elle ? Elle hésitait à poursuivre. Du courrier subtilisé. Un pneu dégonflé. Des produits toxiques jetés dans ses provisions. Un curieux enchaînement de circonstances sur lequel elle me demandait de garder le silence.

Je me suis employée à l'apaiser sans pouvoir me défendre d'une arrière-pensée. Était-elle légèrement déséquilibrée ? Certaines critiques que j'avais pu entendre à son sujet me revenaient en mémoire. J'hésitais. Mais peu importait que j'ajoute ou non foi à son récit. L'essentiel était qu'elle m'ait fait part de son angoisse. J'y voyais une singulière marque de confiance.

Sa démarche intervenait au bon moment. J'avais aperçu sa date de naissance sur des formulaires professionnels. Je savais donc que son anniversaire approchait et je me proposais de le lui fêter pour établir entre nous un lien non professionnel.

En me révélant son inquiétude, Rebecca avait à sa manière pris les devants. Je lui étais reconnaissante d'avoir fait le premier pas.

J'ai arpenté le quartier où travaillait Rebecca. C'était l'un des moins animés d'Annecy : une avenue plantée d'arbres, des rues tranquilles. On pouvait y rôder incognito, croisant des riverains fortunés, des employés de bureau et quelques hommes d'affaires dont le regard vous évite soigneusement.

Non loin de l'immeuble imposant où elle s'engouffrait tous les matins, se nichait un café au nom guilleret : le Colibri. On n'avait pourtant guère de chance d'y apercevoir des oiseaux exotiques.

Le matin, quand elle était en avance, Rebecca s'y arrêtait pour prendre un ristretto. Il lui arrivait de retrouver des collègues.

Le 1er décembre approchait. Cette date, je l'avais depuis longtemps marquée d'une pierre blanche.

Pas question de ne pas lui souhaiter son trentième anniversaire. Les petites attentions renforcent l'amitié.

Ce jour-là, la ville était plongée dans le brouillard. J'ai poussé la porte du Colibri et je suis passé comme une ombre devant le comptoir. Il y avait peu de monde.

Personne ne m'a vu abandonner sur un tabouret du bar une enveloppe sur laquelle j'avais calligraphié son prénom. Rebecca. Je dessine très bien les R majuscules.

J'ai pris place au fond de la salle.

Pas besoin d'attendre longtemps.

Elle est entrée presque sur mes talons. A salué le patron auquel elle a commandé un café serré. Après quoi ses yeux sont tombés sur l'enveloppe.

Je me régalais en l'observant. Quittant l'allure indifférente qu'elle arbore souvent quand elle est seule, elle a promené sur l'assistance un regard interrogateur, amusé, rieur. Celui d'une fille qui avait toujours été gâtée par la vie.

Joie contenue. Divine surprise. Qui donc avait pu déposer cette carte mystérieuse ? Une bonne copine ? Un garçon joueur – et forcément séduisant ?

Dans la salle, personne n'a réagi.

Pas un instant je n'ai songé à me détourner. Au contraire : j'ai tenu à la perfection le rôle du lourdaud anonyme qui s'attarde le nez en l'air, à gober les mouches. Ce matin-là, j'avais mis toutes les chances de mon côté. J'étais mal habillé. Pas rasé. Les cheveux gras. Sans me vanter, je peux dire que j'avais vraiment une sale gueule.

Après avoir balayé la pièce, ses yeux se sont à nouveau posés sur l'enveloppe. J'ai dégusté le sourire gourmand avec lequel elle l'a ouverte. Compte tenu de la date, elle s'attendait évidemment à trouver une photo aux couleurs acidulées. Ou un dessin nunuche représentant des papillons, des cœurs et des ballons. Elle est mignonne.

J'avais choisi une carte sobre – un bouquet de roses rouges –, complétée par un message auquel, visiblement, elle ne s'attendait pas.

Rebecca est si expressive que la regarder est un réel plaisir. En une seconde, ses traits se sont figés. Son corps s'est crispé. Ses mains se sont mises à trembler.

Ses gestes se sont alors enchaînés de manière mécanique. Elle a fouillé dans son sac pour en tirer des lunettes fumées. À quoi bon ? En voyant son joli visage qui s'était chiffonné en un instant, n'importe qui aurait deviné qu'elle avait les larmes aux yeux.

Elle a payé son café et elle est ressortie dans la rue, légèrement voûtée, en vacillant sur ses talons. À croire qu'elle allait s'étaler sur le trottoir.

Dans un film, la scène aurait été accompagnée d'une musique angoissante, que je n'avais aucun mal à imaginer. Avec Rebecca, qui est beaucoup plus belle que bien des actrices, on est presque toujours au cinéma.

En voyant apparaître Rebecca, tout le monde comprit qu'il venait de se produire quelque chose de grave. Un cercle s'est formé autour d'elle. L'histoire, qui tenait en peu de mots, donnait le frisson. Pendant qu'elle nous la racontait, elle serrait dans ses doigts la carte qu'elle venait de trouver au Colibri.

Quand elle s'est tue, chacun a réagi à sa manière.

Un de nos collègues lui a demandé de repréciser des détails qui me paraissaient insignifiants. Quel chemin avait-elle emprunté ce matin-là ? À quelle heure était-elle entrée dans le café ? Je ne comprenais pas où il voulait en venir. Du coup, la méticulosité dont il faisait preuve me paraissait suspecte.

Un autre tenait absolument à lui faire boire du thé brûlant, comme si c'était le remède à tous les maux.

La plupart la dévoraient des yeux. Elle était devenue une bête curieuse.

Au bout d'une vingtaine de minutes, chacun a regagné son poste de travail. Rebecca ne prenait pas garde à ce qui se passait autour d'elle. C'est à peine si elle semblait nous entendre. Il lui a fallu plus d'une heure avant de se rendre à l'évidence : elle devait aller au commissariat.

La démarche lui coûtait, cependant. Quelqu'un suggéra que la gendarmerie d'Annecy-le-Vieux était encore plus proche. Pourquoi pas ?

Je lui ai proposé de l'accompagner. Cela paraissait naturel, puisque j'étais sa plus proche collaboratrice. Nous avons emporté l'enveloppe qui l'avait bouleversée. Et son contenu : une carte des plus banale représentant un bouquet de roses rouges, au dos de laquelle figurait un avertissement macabre.

Rebecca la montrerait aux gendarmes. Après quoi la balle serait dans leur camp.

Pour le message, on ne peut pas dire que je m'étais creusé la tête. J'avais découpé trois expressions dans un journal.

Le jour de son anniversaire.
Séquestrée, battue et violée.
Le bourreau faisait partie de ses proches.

Rebecca ne s'attendait pas à ma petite surprise.

Et elle n'est pas près de l'oublier : chaque année à la même date, elle reverra en rêve l'enveloppe qui l'attendait au Colibri pour ses trente ans.

Son anniversaire est tombé à tout jamais dans un trou noir. Adieu le gâteau, les bougies, la chanson niaiseuse. Et les cadeaux qu'on ouvre en poussant des oh et des ah.

The end.

Tout ça ne servira plus qu'à nourrir ses cauchemars. Quoi qu'il lui arrive désormais, le 1er décembre sera forcément pour elle le plus vilain jour de l'année.

Il fallait gravir une pente pour accéder à la gendarmerie. Devant le bâtiment, nous avons marqué une pause pour nous donner du courage. Nous avons regardé des hommes en tenue qui s'installaient dans un véhicule. Où pouvaient-ils aller ?

Le gendarme qui nous a reçues ressemblait moins à un garde du corps qu'à un bureaucrate ordinaire. C'était un type banal, entre deux âges. Des moustaches. Il s'exprimait d'une voix traînante avec un accent dont je ne décelais pas l'origine.

— Vous n'avez reçu qu'une seule lettre ? a-t-il marmonné quand il a compris de quoi il s'agissait.

On aurait cru qu'il formulait un reproche.

Rebecca a acquiescé.

— Dans ce cas, a-t-il repris, on ne peut pas parler de harcèlement.

Quant au reste, à cette impression confuse d'hostilité qu'elle ressentait depuis quelque temps, le moment était venu d'en faire état, mais j'observai qu'elle avait du mal à aborder le sujet. Je l'encourageai du regard. Sans doute par peur d'en dire trop, elle est demeurée dans le vague. Le gendarme a eu beau jeu de balayer ses propos d'un haussement d'épaules.

Comme Rebecca s'apprêtait à quitter le bureau, j'ai pris le relais et insisté. La menace ne pouvait pas être minimisée. Ne devions-nous pas porter plainte ?

Le type nous conseilla de déposer plutôt une main courante, ce qui constituerait une première étape.

Il ajouta presque à contrecœur qu'un officier de police judiciaire – qui avait été récemment confronté à une affaire du même type – pourrait nous recevoir le lendemain. On verrait bien s'il y avait lieu d'aller plus loin.

L'ambiance s'est un peu détendue.

Quand nous nous sommes retrouvées dehors, Rebecca m'a remerciée.

Nous sommes redescendues vers DireXon, sachant qu'il serait très difficile de travailler. Nous sommes repassées devant le Colibri. Le brouillard commençait à se lever. Plusieurs personnes fumaient à l'extérieur.

Sitôt que nous sommes parvenues à notre étage, Rebecca s'est enfermée dans son bureau. Sans doute voulait-elle éviter les questions.

À travers la cloison, je l'ai entendue passer des coups de fil. Elle appela un restaurant pour annuler une réservation. Puis, sans donner beaucoup d'explications, décommanda un à un tous les amis qu'elle avait projeté de réunir.

Mon cœur s'est serré quand je l'ai vue s'éclipser vers dix-huit heures. C'est en recluse que Rebecca fêterait ses trente ans. Sa soirée d'anniversaire ressemblerait à une veillée funèbre.

Le jour de son anniversaire.
Séquestrée, battue et violée.
Le bourreau faisait partie de ses proches.

Les titres provenaient d'un journal gratuit distribué dans une grande surface. Bien entendu, j'avais choisi un exemplaire abandonné sur une banquette, qui, avant que je ne m'en empare, avait déjà été feuilleté.

Si un enquêteur avait la mauvaise idée de demander un relevé d'empreintes, il partirait nécessairement sur une fausse piste.

Quant au malheureux qui avait tourné ces pages, il fallait souhaiter que son ADN ne figure pas au fichier des personnes condamnées pour agression sexuelle. Sinon, il ne lui restait plus qu'à prendre un bon avocat.

Le gendarme qui nous a reçues le lendemain était plutôt beau garçon. Athlétique, légèrement hâlé, il ressemblait à un moniteur de ski. Le fait qu'il soit plus jeune et plus vif que le type que nous avions vu la veille le rendait par contraste extrêmement sympathique. Serait-il l'homme de la situation ? Nous voulions encore le croire.

Après avoir entendu l'histoire de Rebecca, il s'est caressé la joue, l'air embêté. Lui a fait raconter sa soirée de la veille. A pris l'air de réfléchir. Puis il lui a fait remarquer que la date de son anniversaire était passée sans qu'il n'arrive rien. À présent, l'auteur de la menace avait un an pour l'oublier.

Difficile de savoir si notre interlocuteur était sérieux. Un éclat rieur brillait dans ses yeux qui étaient du même bleu que son polo.

Si je n'avais pas été là, il aurait sans doute invité Rebecca à prendre un verre pour lui changer les idées. La protéger, en revanche, ne lui venait pas à l'esprit. Pourquoi faut-il qu'on prenne toujours une fille en danger pour une imbécile ?

Tout en jouant avec un bracelet en cuir qu'il portait à son poignet gauche, il s'est lancé dans un petit couplet qu'il avait probablement répété bien des fois. Des paroles prononcées d'une voix chaude, et calibrées pour être rassurantes : la plupart des menaces adressées aux jeunes femmes ne sont pas suivies d'effet. Leurs auteurs sont généralement des timides, des inhibés, des refoulés. Les véritables agresseurs n'envoient pas de préavis.

Et puis, quoi ? Dès l'instant qu'on n'est pas vilaine, on peut s'attendre à être un jour ou l'autre embêtée par quelqu'un d'un peu lourd. C'est désagréable, bien sûr, mais si banal. Combien avant elle étaient passées par là ?

Impossible de savoir si le gendarme aux yeux bleus avait pour consigne de minimiser, s'il était incapable de se mettre à la place d'une victime ou s'il appartenait à la race enviable des gens qui croient que tout finit par s'arranger.

Rebecca n'a même pas tenté de lui expliquer que, au cours des semaines précédentes, ses pneus se dégonflaient trop vite et que, lorsqu'elle faisait ses courses, son Caddie se remplissait de mort-aux-rats. Elle savait qu'il aurait éclaté de rire.

C'était fini. Le boniment avait été récité d'une voix apaisante. Quant au message, il était clair : la petite fille devait prendre sur elle et se montrer raisonnable. Rebecca s'est levée. Nous sommes sorties.

Depuis vingt-quatre heures, elle n'avait pas réussi à dormir une seconde. Qui s'en souciait ?

En décembre, contrairement à la plupart de ses collègues, qui se précipitaient dans les boutiques du centre-ville entre midi et deux, Rebecca réalisa de solides économies. Elle évitait les magasins. Pas d'achats de Noël, pas de frais. Son banquier devait se frotter les mains.

Je pense que ses voisines – les deux commères que j'avais repérées en septembre et que je croisais de loin en loin quand elles faisaient leurs courses sous les arcades – se réjouissaient, elles aussi. Les jolies filles se couchent rarement tôt et le bruit de leurs voluptés nocturnes traverse parfois les cloisons. Les demoiselles sérieuses sont en tout petit nombre. On peut dire qu'avec Rebecca elles étaient tombées sur une perle rare.

La fin de l'année approchait, avec ses paillettes et ses confettis. Annecy s'apprêtait à sabrer le champagne en chantant le Divin Enfant.

Les guirlandes scintillaient dans les vitrines. Les Parisiens débarquaient à la gare avant de filer vers les stations. En montagne, on se réjouissait, car il avait neigé en abondance.

Le 31 décembre arriva.

Réveillon, flonflons, pétards et coups de klaxon.

Rebecca s'est absentée pendant les fêtes, qu'elle est allée passer dans sa famille. Je me suis abstenue de lui envoyer une carte. La date de son anniversaire était trop proche. Nul n'avait oublié la sinistre enveloppe aux roses rouges.

Pour les vœux, je me suis donc contentée de lui adresser un message électronique, auquel elle n'a pas répondu.

À peine s'était-elle éloignée d'Annecy qu'elle avait dû s'appliquer à oublier DireXon et cette Violette qui ne devait pas compter beaucoup pour elle.

D'ordinaire, les journalistes de permanence le jour de l'an sont contraints de se livrer à deux exercices rituels et contradictoires. Le premier consiste à tremper leur plume dans l'encre rose pour souhaiter à leurs lecteurs une année riche, festive, joyeuse et faste. Le second, à déplorer le nombre élevé de voitures incendiées pendant les fêtes. Il est rare qu'ils aient autre chose à se mettre sous la dent.

Cette année-là, cependant, la presse locale eut une véritable nouvelle à publier : au cours de la nuit de la Saint-Sylvestre, deux Annéciennes avaient péri carbonisées dans leur véhicule.

Le feu avait pris au moment même où les conductrices avaient mis le contact. Le fermoir de la ceinture de sécurité avait été bricolé, ce qui leur interdisait de se libérer.

L'une et l'autre étaient jeunes et jolies.

De prime abord, le lien n'était pas difficile à établir entre les deux affaires.

On pouvait espérer qu'une belle enquête, fournie, médiatisée, portrait-robot à l'appui, déboucherait sur l'arrestation, à l'aube, d'un tueur patibulaire.

Les amateurs de sensations fortes restèrent cependant sur leur faim.

En fouillant dans la vie des deux victimes, on ne parvint à découvrir aucune relation entre elles, sinon la manière originale – et sans lendemain – dont elles avaient commencé l'année.

Les vœux du président – qui ne se déplaçait de Paris qu'une fois par an –, je m'en serais bien passée. Mais le rituel semblait installé chez DireXon. La cérémonie se déroulait immuablement fin janvier. Le 29, le 30 ou le 31, selon les années.

Après son allocution, que nous écouterions en nous mettant inconsciemment au garde-à-vous, il y aurait un buffet où des extra, entre deux bouquets de fleurs, serviraient du champagne. Tout le monde serait sur son trente et un. Mes collègues se demandaient déjà quelle robe elles allaient porter.

Devais-je en acheter une pour la circonstance, moi qui ne portais que des pantalons ? Je décidai de sonder Rebecca. Pour l'élégance, je pouvais me fier à elle. Et cette conversation nous rapprocherait peut-être.

— Ne change rien à tes habitudes, Violette, conseilla-t-elle. Tu n'as pas besoin d'en faire trop.

Elle dut comprendre que cette formulation m'avait blessée, car elle parut se raviser et ajouta :

— Je veux dire que tu es très bien comme tu es.

Mais le ton n'était pas celui d'un compliment.

Mon besoin d'être réconfortée était trop vif pour que j'en reste là. J'ai insisté :

— Si j'y vais avec cette tenue, ce n'est pas trop sport ?

— Ton style fait partie de ta personnalité, a-t-elle repris. Il plaît, puisqu'on t'a recrutée. À ta place, je ne changerais rien.

La cause était entendue, mais j'ai passé toute la journée à ressasser ces trois mots : « À ta place », par lesquels elle m'avait subtilement mise à distance, et à m'interroger sur ce qu'elle appelait « mon style », « ma personnalité ». En quoi étais-je si différente de nos collègues ?

Rebecca avait supprimé l'arrêt matinal au Colibri. Dommage. En ce début janvier, il y avait du soleil. L'air était vivifiant, la lumière très pure. Prendre un café avant d'aller travailler lui aurait sûrement fait du bien.

Chaque matin, avant neuf heures, je continuais d'apercevoir ses collègues au comptoir.

Les sérieuses consultaient leur smartphone. Lisaient les nouvelles. D'autres envoyaient des messages qui devaient tous commencer par « Coucou » et se terminer par « Bises ». La menue monnaie de la vie ordinaire.

Quelques feignasses jacassaient en feuilletant des magazines gorgés d'inepties. Des conseils sentimentaux. Des horoscopes.

De loin, je voyais Rebecca presser le pas. Elle donnait toujours l'impression de vouloir gagner du temps. Sur qui ? Sur moi ? Peine perdue, elle devait s'en douter.

L'impatience ne faisant pas partie de mes défauts, j'allais forcément resurgir un jour ou l'autre, nécessaire, inévitable, comme un point à la fin d'une phrase.

Les tâches qu'on me confiait m'intéressaient. J'apportais à mon travail un soin zélé. Un jour, cependant, je quittai le rôle d'employée modèle.

Restée seule dans le bureau de Rebecca qui avait été appelée dans le couloir, je ne résistai pas à la tentation d'ouvrir son sac. Qu'espérais-je y trouver ? Je l'ignore. Il ne contenait d'ailleurs rien de notable. Un fouillis d'objets délicats. Un étui à lunettes. Des pastilles mentholées. Des produits de maquillage. Un carnet que j'ai entrouvert. Contempler ce fouillis m'a procuré le plaisir vif et coupable de l'effraction.

Si elle avait surpris mon geste, j'aurais été mortifiée. Mais j'entendais sa voix au loin. Il n'y avait donc aucune raison d'écourter ce moment. Un frais parfum s'envolait des accessoires qu'elle avait rangés à la hâte. Je l'ai respiré avec bonheur. J'aurais pu dérober un de ces colifichets, non par malhonnêteté, mais par dévotion. Un scrupule m'a retenue.

Quand Rebecca a fini par rentrer dans son bureau, elle a dû admirer mon sérieux. J'étais plongée dans la lecture d'un document de travail. Elle m'a souri comme à une amie.

Neuf heures moins cinq. Elle passe dans la rue. Les traits tirés, l'air anxieux, regardant droit devant elle. On devine qu'elle a mal dormi.

Je la suis des yeux. Au loin, le soleil se reflète sur les eaux du lac. Les nuages courent dans le ciel bleu. Rebecca entre dans l'immeuble où se trouve son bureau. Elle traverse le hall, puis se dirige vers l'ascenseur. Peut-être a-t-elle adressé au gardien, en passant devant sa loge, un salut nerveux.

J'attends. Neuf heures cinq. À cet instant, porte fermée, elle doit allumer son ordinateur. Mettre une sucrette dans la tasse de café qui fume devant elle. Puis porter à ses lèvres le liquide chaud dont le goût lui est indifférent.

Pas besoin de se demander ce qu'elle fait à ce moment-là.

Je le sais.

Elle pense à moi.

La détresse de Rebecca redessinait ma position chez DireXon. Afin de la soulager, je travaillais davantage. Étant restée un temps dans son sillage, je devins son bras droit. Je montais même en première ligne sur certains dossiers, sans jamais manquer de loyauté à son égard. Nous n'avons pris aucun retard à cette époque, ce dont je me félicitais.

Elle, en revanche, allait moins bien. Parfois, je voyais son regard se brouiller. Mon cœur se serrait, mais l'émotion est mauvaise conseillère : si je voulais gagner sa confiance, il importait que je me montre plus forte qu'elle.

À plusieurs reprises, en fin de journée, je lui proposai d'aller prendre un verre. J'aurais aimé passer un moment avec elle dans un endroit agréable. Au bar de l'Impérial, par exemple, un vaste hôtel où je n'aurais peut-être pas osé entrer seule et dont la façade claire, imposante et surannée me fascinait. Quand je m'en approchais, j'observais ses corniches et ses moulures, ses balcons qui surplombaient le lac. Un mélange de nostalgie et de curiosité m'envahissait.

Rebecca déclinait toujours mon invitation, mais je devinais qu'elle m'en était reconnaissante.

Le week-end, je pris l'habitude de lui envoyer un message que je voulais léger, parfois drôle, afin de la réconforter. Je m'ingéniais à lui changer les idées. Ce faisant, je me ménageais une place auprès d'elle.

— Rien de pire dans la vie que de tomber sur un pervers.

C'est ce qu'une péronnelle expliquait l'autre jour en attendant le car à deux copines peinturlurées qui avaient l'air de gober ses paroles.

Comment peut-on être aussi péremptoire ? Savait-elle seulement ce dont elle parlait ? Combien de pervers pouvait-elle se vanter d'avoir intéressés ?

Le regard ailleurs, l'oreille tendue, je l'ai laissée jacasser alors que je mourais d'envie d'intervenir.

Je n'aime pas les filles qui parlent sans réfléchir.

Le pervers, qu'on a grand tort de décrier, a toutes les caractéristiques de l'animal de compagnie. Il tient chaud à l'élue de son cœur. Se colle contre elle en ronronnant. S'immisce dans son intimité. Parfois, il se fait les griffes sur ses fauteuils, mais elle finit toujours par s'attacher à lui, car il fait preuve d'une émouvante fidélité. D'ailleurs, sa disparition laisse généralement un grand vide.

La contrepartie, assez contraignante, il est vrai, est qu'il ne vous laisse pas un jour de vacances, pas une nuit de repos. Qu'il faut lui servir sa pâtée à heure fixe. Et ne pas oublier de nettoyer sa caisse.

J'étais arrivé en Haute-Savoie en fin d'été. Mes réserves financières avaient fondu. La question ne se posait pas : il fallait que je retravaille.

Chercher un truc sérieux n'entrait pas dans mes plans. Quand on aime se promener dans les rues, mettre son pas dans celui des passants et pénétrer dans les immeubles, le meilleur job est encore de porter des pizzas à domicile. On se faufile partout en toute discrétion. Il suffit d'attendre que les gens aient faim. La casquette rouge et l'anorak publicitaires constituent une couverture idéale. Personne ne regarde les livreurs.

Je me suis présenté aussitôt que j'ai vu l'annonce. Bosser dans le même quartier que Rebecca me convenait parfaitement. Et je dois avouer que le slogan m'avait plu : « Enjoy ! » Tout simple. Encore fallait-il y penser.

On voulait quelqu'un d'immédiatement disponible. Je l'étais. Et puis, quoi ? J'avais le profil.

J'ai été embauché sur-le-champ.

Le rythme me convient. Je ne commence pas trop tôt le matin. Au début, c'est calme. Il y a un coup de feu entre midi et quinze heures. Après quoi, les commandes se font irrégulières. Ça laisse du temps pour rêvasser. Je regarde les arbres, les nuages et la cime des montagnes, blanche en hiver, qu'on aperçoit dans le lointain. Je vois évoluer les parapentes.

On s'habitue à tout. Le froid est devenu mon ami. Il me tient compagnie tandis que je traîne dehors en attendant le moment où Rebecca sortira du bureau.

Je suis très patient avec elle. J'ai appris à faire des concessions. À calquer mes horaires sur les siens.

J'étais surprise que les amis dont Rebecca m'avait parlé quelquefois ne se manifestent pas davantage auprès d'elle. Dans un moment si difficile, ils auraient dû l'entourer, la rassurer. Peut-être même la protéger. Or ils donnaient l'impression de se dérober. Comment pouvaient-ils la laisser si seule ?

J'aurais pu prendre sur moi de les joindre. Il ne devait pas être impossible de trouver leurs coordonnées. J'étais sur le point de le faire, mais un jour où je l'interrogeais sur le groupe de musiciens dont elle m'avait paru très proche, Rebecca se rétracta et parla d'autre chose. Je compris qu'elle se méfiait d'eux.

Du reste, elle prenait ses distances avec tout le monde. Quelques semaines plus tôt, quand on la joignait sur son téléphone portable personnel, elle répondait toujours, même brièvement. Ce n'était plus le cas. Lorsqu'il sonnait, elle paraissait ne pas s'en rendre compte et laissait passer plusieurs heures avant d'écouter ses messages. Je ne l'entendais jamais rappeler personne.

J'avais également observé, en jetant un coup d'œil sur ses courriers électroniques, qu'elle n'ouvrait plus que ceux dont l'origine était professionnelle. Les autres ne l'intéressaient plus.

Au bureau, nous restions souvent plusieurs heures dans la même pièce. Le travail, qui nous avait rapprochées, rendait notre proximité inévitable. Et j'eus bientôt l'impression d'être sa seule interlocutrice.

Hier soir, je suis allé au cinéma. J'ai revu le vieux *King Kong*. Un chef-d'œuvre, mythique et désuet, projeté devant une salle presque vide. Actuellement, la plupart des gens préfèrent les navets.

Les plus belles scènes du film sont celles où l'actrice au bord de l'évanouissement hurle de terreur dans la main du monstre, qui la caresse de son regard incrédule et stupide. C'est un bel échange. D'une pression des doigts, il pourrait l'écraser, mais non. Il l'épargne. La ménage. Se la réserve pour plus tard.

Elle ne s'arrête jamais de crier. Devine-t-elle que sa voix suraiguë décuple l'appétit du singe, dont l'œil exorbité révèle, en dépit d'une tendresse infiniment humaine, un désir tout animal ? J'imagine que non. Cette fille n'a pas l'air de réfléchir beaucoup.

Ils ne peuvent échanger aucune phrase : pour tout langage, il n'a que des grognements, et elle, que cette étrange stridulation qui indispose dans un premier temps, mais qu'on finit à la longue par apprécier comme une musique.

L'épouvante des femmes est curieusement sexuelle. Un homme effrayé, ça intéresserait qui ?

En février, je n'ai rien fait d'autre que livrer des pizzas à des bureaucrates affamés, aller au cinéma et regarder de loin Rebecca marcher dans la rue. Affolée bien sûr, mais de moins en moins. Elle est à l'âge où l'on se remet vite.

Je lui ai laissé le temps de se reposer. Il fallait qu'elle se change les idées et reprenne un peu d'appétit. Je n'aime pas les filles trop maigres.

Je continuais de penser à elle. Et elle à moi, forcément. Notamment quand elle ouvrait les journaux. Je suis certain qu'elle passait chaque jour de longues minutes à regarder la rubrique des faits divers.

Ce mois-là, au grand bénéfice de la presse locale, les maniaques eurent beaucoup d'imagination. Le nombre d'agressions et de viols connut une croissance sensible.

Dans la plupart des cas, il y avait préméditation. L'agresseur avait tendu un piège à sa victime, probablement pour le plaisir de la voir se débattre pendant des heures.

En vain.

Le temps a passé. Les derniers jours de mars étaient si froids qu'on se croyait encore en plein hiver. Temps maussade. Bruine et brume. Les gens gardaient leur doudoune quand ils allaient trotter, le nez dans leur écharpe, sous les arbres dénudés.

Et puis, le 1er avril, comme la température s'était réchauffée d'un coup et que la ligne des montagnes se découpait pour la première fois sur un ciel bleu dragée, Rebecca est sortie de chez elle avec un bandeau dans les cheveux. Ce signe de coquetterie lui donnait un air d'insouciance.

Devais-je y voir une invitation ? Peut-être bien. En tout cas, je me suis dit que j'allais lui faire un clin d'œil. Ou une blague. La date était bien choisie. Et n'avais-je pas le droit de me manifester à nouveau, après tout ce temps ?

J'ai attendu qu'elle se soit éloignée, visage détendu, démarche alerte, et je suis entré dans le hall de son immeuble.

J'ai reconnu la boîte aux lettres. Rebecca Meyrowitz. Pas de publicité. Merci. C'était bien ça.

J'y ai déposé un petit cadeau.

Trois fois rien : une lame de rasoir.

Pas de paquet. Pas d'enveloppe. Pas même un message de menace. J'ai toujours été d'un tempérament laconique.

Mais je savais ce que je faisais : si tout se passait comme je l'imaginais, ces quelques grammes de métal suffiraient à déclencher un séisme dans sa gentille existence.

Petite cause, grands effets.

De toutes les idées que je pouvais trouver pour ébranler sa vie, mes préférées étaient celles qui faisaient intervenir son imagination. Il me semblait essentiel que Rebecca joue un rôle actif dans son malheur.

Le lendemain, quand je l'ai croisée, elle avait un pansement autour des doigts. Il faut croire qu'elle avait ramassé la lame en même temps que le courrier, auquel cas je conviens qu'il était difficile d'éviter la coupure. Ce sont des choses qui arrivent quand on a la poisse.

J'imaginais qu'il y avait eu un petit cri et du sang sur les enveloppes. Peut-être un voisin qui se trouvait par hasard dans le hall avait-il sursauté. Pas mal.

Dans mon esprit, la scène aurait dû être plus sobre. Rebecca aurait vu le métal scintiller dans la boîte aux lettres vide. Elle aurait reculé d'un pas, le souffle court, les yeux fixes. Je reconnais qu'elle a plus de talent que moi.

Avec tout de même un certain penchant pour l'outrance.

Le style *King Kong*.

Le 1er décembre, l'homme qui traque Rebecca lui avait envoyé des titres de journaux, qu'il avait pris le soin de coller sur une carte fleurie.

Pendant quatre mois, il l'avait laissée à son angoisse.

Et voilà que, le 1er avril, il avait glissé une lame de rasoir dans sa boîte aux lettres. Plaisanterie sinistre, qui faisait grincer les dents.

Le lendemain, elle m'avait raconté toute l'histoire, mais au bureau, quand nos collègues, remarquant son pansement, l'interrogeaient, elle s'accusait elle-même. Prétendait s'être blessée en aiguisant un couteau de cuisine. Je ne suis pas certaine qu'ils étaient dupes.

Afin d'entrer dans son histoire, je tentais de m'identifier à Rebecca. Que vivait-elle exactement ? Comment imaginer que quelqu'un vous suive constamment des yeux ? Qu'il connaisse vos horaires. Observe vos fenêtres. Guette l'instant où vous fermez vos volets.

En marchant dans les rues, j'imaginais qu'un regard m'enveloppait, alourdissait mes épaules et descendait le long de mon dos. Je vivais cette épreuve par procuration. Curieuse dépossession de soi.

À d'autres moments, je tentais d'aller plus loin, en m'obligeant à penser que le mot folie, appliqué à cet inconnu, n'expliquait peut-être pas tout. Et j'essayais – à supposer que j'en sois capable – non de haïr mais de comprendre cet homme. Que cherchait-il en harcelant Rebecca ? Que gagnait-il à s'obstiner contre elle ? Et que savais-je, au fond, de sa vie à elle ?

Je me rends compte que je pense énormément à Rebecca, rarement à moi, ce qui est injuste. Se peut-il que je compte aussi peu à mes propres yeux ?

Je pourrais en vouloir à cette fille de prendre autant de place dans ma vie. Ce n'est pas le cas. Je la laisse faire. Je l'autorise à m'envahir. J'accepte qu'elle devienne mon obsession. C'est mon côté généreux.

Quand nous sommes retournées à la gendarmerie, nous étions moins impressionnées que la première fois. Le protocole de sécurité ne nous étonnait plus. Et puis, nous connaissions les lieux. Les affiches, qui répétaient des consignes de prudence ou invitaient à passer les concours de recrutement. Le bruit des portes. L'écho des voix. On aurait pu se croire à la Poste ou à la Sécurité sociale. En tout cas, dans la vie ordinaire, où tout est finalement banal et rassurant.

L'homme aux yeux bleus nous accueillit avec un sourire détendu : celui que les commerçants réservent aux bonnes clientes. Je devinais qu'il éprouvait pour nous une certaine sympathie.

Son regard passait de l'une à l'autre, mais c'est à Rebecca qu'allait sa préférence. C'était visible. C'était normal, aussi. Elle était plus jolie que moi et c'était la victime. Pas moi.

Elle lui raconta ce qui lui était arrivé. Présenta la lame de rasoir qu'on avait glissée au milieu de son courrier et montra, en retirant son pansement, ses doigts cisaillés.

Le gendarme eut une moue imperceptible. Un bobo. Rien de plus. Il ajouta que déposer une lame dans une boîte aux lettres était une intimidation. Pas une agression.

Si Rebecca s'était coupée en prenant les enveloppes, c'était par maladresse.

Au passage, elle avait effacé du métal les empreintes ou les traces d'ADN, s'il y en avait.

Pas maligne, la fille. Pas fortiche.

Si elle avait tout faux, son persécuteur, en revanche, avait parfaitement réussi son coup. Dès que nous nous étions assises dans le bureau, il avait été évident que plus elle en dirait, moins elle serait crédible.

Pas question de raconter que la lame de rasoir n'était qu'un signal. Qu'elle constituait une menace effrayante. Que, depuis des mois, Rebecca sentait à ses côtés une présence hostile et diffuse.

La réponse, nous la connaissions déjà :

— Vous vous faites des idées.

Mon amie rassembla ce qui lui restait d'énergie pour expliquer, ce dont elle n'avait pas parlé la première fois, qu'elle avait l'impression d'être suivie.

— Une impression ?

Son interlocuteur eut l'air réellement amusé. Ses yeux bleus pétillaient de malice et de joie de vivre. C'était un homme que rien ne faisait vaciller. Il regardait beaucoup Rebecca mais c'est à peine s'il l'écoutait. Quant à agir… De toute façon, les consignes étaient claires : on n'accordait de protection qu'aux personnes qui avaient été agressées physiquement. Le reste n'était pas pris en compte.

C'est tout juste si mon amie n'a pas eu droit à une petite tape sur la joue. Ou sur les fesses.

Par acquit de conscience, il ajouta que, si elle rentrait tard chez elle, mieux valait qu'elle se fasse raccompagner. Le conseil était inutile. Voilà longtemps qu'elle avait renoncé aux sorties.

J'ai regardé ma montre en quittant la gendarmerie. En tout, l'entretien avait duré moins de cinq minutes. Notre interlocuteur s'était néanmoins nommé avant de nous mettre dehors : maréchal des logis-chef Damien Escoffier. Et il avait noté d'une belle écriture carrée son numéro de téléphone sur un Post-it.

Au moins, avait-il expliqué, elle saurait qui appeler si une nouvelle difficulté se présentait. Dans le cas inverse, on pourrait considérer que le problème était réglé.

Chez DireXon, nous avions tous des cartes de visite. Nous nous demandâmes quelle valeur on pouvait accorder à ce petit papier jaune.

On est parfois aidé par le hasard. L'autre matin – drôle d'expression... –, il y avait un pigeon mort devant la porte de son immeuble. Ventre blanc, pattes en l'air, tête repliée sur le côté. Je n'y étais pour rien. J'ai passé l'âge de tirer les oiseaux au lance-pierres. Mais je me suis caché sur le trottoir d'en face pour voir la tête que ferait Rebecca en l'apercevant. J'ai constaté sans déplaisir qu'elle avait un haut-le-cœur.

Cadavre du matin, chagrin.

La journée se terminait, mais alors que le bureau s'était peu à peu vidé, Rebecca ne semblait pas songer à partir. La devinant dans le désarroi, je lui proposai de la raccompagner – sans y croire, puisqu'elle avait toujours veillé à maintenir une distance de principe entre elle et moi. J'ai été surprise de l'entendre accepter.

Quand nous sommes arrivées en bas de chez elle, j'ai senti mon cœur s'accélérer sous l'effet d'une sorte de trac. C'était un immeuble ancien situé dans le quartier historique. Dans l'entrée, une lanterne en fer forgé pendait au bout d'une chaîne. L'escalier avait des marches en pierre. On croyait pénétrer dans la demeure de Barbe Bleue.

Le charme se rompit quand, parvenues au premier étage, nous sommes entrées dans son appartement. Il y avait un grand séjour. Des poutres. Une étonnante cheminée de marbre noir. Cependant, bien que le lieu où elle vivait fût beaucoup plus beau que tous ceux que j'avais connus, je luttais contre une légère déception.

Sans doute attendais-je autre chose. Quoi ? J'aurais été bien incapable de le formuler. Peut-être un salon lambrissé, protégé du jour par des volets intérieurs. Un buste ancien se reflétant dans un miroir. Un tapis rouge sombre. Je ne sais quels clichés j'avais en tête.

Je mesurais mon erreur. Le désordre avait envahi la table basse : une bougie à demi consumée, une tasse de thé oubliée sur une pile de magazines. Des babioles et du fouillis. Exactement comme chez moi.

Rebecca m'apparut alors sous un jour différent. Je constatais que ses traits étaient tirés, son visage défait. À ce moment-là, elle aurait pu perdre un peu de son prestige à mes yeux quand, sur un bureau, près de la fenêtre, j'aperçus des partitions.

Je n'appartiens pas à la race élue de ceux qui déchiffrent la musique. Ces pages blanches où couraient des signes sibyllins eurent sur moi un effet magique. Rebecca reprit d'un coup son mystère et sa majesté.

J'ai rêvé de Rebecca. À la terrasse d'un des cafés qui donnent sur le canal, elle discutait avec une fille presque aussi jolie qu'elle. C'était l'été. Elles portaient des robes légères. Devant un Coca, elles parlaient de tout et de rien, comme des gamines. À un moment, l'autre lui a demandé :

— Comment va ton amoureux ?

Rebecca souriait de manière entendue et répondait avec un ton de femme heureuse.

— Très bien. Il m'a fait une surprise pour mon anniversaire. En ce moment, il m'envoie des petits messages.

L'amie voulait en savoir davantage. Mais Rebecca, décidée à ménager ses effets, s'amusait à la faire languir et ne lâchait les informations qu'au compte-gouttes.

Dans le rêve, sans hésitation possible, son amoureux, c'était moi.

Alors que j'étais partie deux jours à Lyon pour suivre une formation, j'appelai Rebecca afin de prendre de ses nouvelles. Au téléphone, je lui trouvais la voix étranglée. Elle m'opposa un silence incompréhensible. Je l'interrogeai. Elle se tut. Il me fallut insister pour qu'elle me raconte ce qui s'était passé en mon absence.

Le matin, entre autres documents professionnels, elle avait reçu un carton de petite taille recouvert de papier kraft. L'emballage était banal. Aussi l'avait-elle ouvert sans inquiétude.

Il contenait un jouet – le plus inattendu et le plus triste qui soit : une Barbie sans vêtement, vaguement obscène dans sa nudité de plastique. Et étrangement mutilée.

Un enfant fou, une femme jalouse ou un vieillard lubrique s'était amusé à torturer la figurine. Le pied gauche avait disparu, sans doute sectionné à l'aide d'un cutter. Une aiguille était plantée au niveau du sexe. Le visage avait été patiemment brûlé par une cigarette.

Aucun message n'accompagnait l'envoi. L'horreur n'a pas besoin d'un interprète.

Sur le moment, Rebecca avait cru s'évanouir. La pièce s'est mise à tourner autour d'elle. Pour ne pas s'écrouler, elle avait essayé de se concentrer sur un point fixe, mais rien n'existait plus pour elle que cette poupée tragique, avec ses seins en obus, sa taille étranglée par un corset imaginaire et sa chevelure impeccablement blonde, dont la moitié gauche avait été rasée.

Pendant quelques minutes, elle était restée sous le coup de cette violence déchaînée et dérisoire. Elle savait qu'un cinglé la poursuivait. Elle avait déjà subi l'épreuve du harcèlement et son terrible cortège. La haine gratuite. L'affreux plaisir de la menace. L'exultation que procure au bourreau le fait de tenir une innocente à sa merci.

Mais, jusqu'à présent, le ressort principal qu'avait fait jouer son ennemi était l'intimidation. Une marche venait d'être franchie : on l'introduisait dans la chambre des supplices.

Rebecca était restée un moment, les yeux fixes, l'esprit vide et le cœur battant, incapable de crier. Au prix d'un effort considérable, elle avait tout de même fini par appeler.

Les collègues du bureau voisin avaient mis beaucoup de temps pour arriver. N'avaient-elles rien entendu ? Que faisaient-elles pendant ces minutes interminables ?

Quand elles l'eurent enfin rejointe, Rebecca fut confrontée à une épreuve inattendue.

Loin de compatir, elles s'ingénièrent à minimiser l'incident.

— Tu ne vas pas en faire une histoire...

— Après tout, ce n'est qu'un jouet d'enfant.

— Dans le pire des cas, tu as affaire à un dingue.

— Et les dingues, on les traite par le mépris.

Tous ces clichés tombaient à plat. Il est des moments où aucune banalité n'est réconfortante.

Prévenue par on ne sait qui, la secrétaire du directeur général avait glissé la tête dans la pièce et s'était éclipsée aussitôt avec un grand soupir, signifiant qu'on l'avait dérangée pour rien. Peut-être craignait-elle de devoir, pour une fois, se rendre utile.

Rebecca regardait toujours la poupée tragique qui avait fait les délices d'un pervers. Combien de temps s'était-il acharné ainsi ? Quels désirs sordides avait-il assouvis en murmurant son prénom ? À quel moment avait-il décidé que sa besogne était achevée et qu'il n'était pas nécessaire d'aller plus loin ?

Nos collègues quittèrent la pièce comme s'il ne s'était rien passé. Et retournèrent à leurs occupations. Si elles avaient voulu prouver leur indifférence à Rebecca, elles avaient parfaitement réussi.

Ce jour-là, celle-ci comprit que, dans l'entreprise, elle ne pouvait compter que sur moi.

Le matin, deux ou trois filles qui travaillent dans sa boîte prennent un café au Colibri avant d'aller pointer. Je commande une noisette et je m'installe à côté d'elles.

Quoi de plus normal ? Je suis un habitué. Un type tranquille qu'on est sûr de trouver le matin. Bonasse. Pépère. Routinier. Un taciturne dont personne ne songerait à se méfier.

Quand je pianote sur mon smartphone, on oublie totalement ma présence. La conversation roule toujours plus ou moins sur les ragots de DireXon. Le nom de Rebecca revient très souvent. Ses collègues adorent parler d'elle. Je n'ai même pas besoin de dresser l'oreille pour entendre ce qui m'intéresse.

C'est par elles que j'ai appris qu'elle commençait à dérailler.

Deux soirs de suite, je suis allé à un festival de courts-métrages, le plus souvent assez réussis. Pas beaucoup de souffle, mais de l'idée. J'ai l'impression que, si je connaissais un cinéaste, je pourrais lui proposer un sujet.

Le titre ? *Sans raison.*

L'action se passe dans une ville d'eau.

Le rôle unique revient à Rebecca, que la caméra ne quitte à aucun moment.

Ignorant le beau temps qui éclaire cette seconde quinzaine d'avril, elle porte une gabardine. Elle a les cheveux dans les yeux. On ne la voit jamais sourire.

Elle marche dans la rue. Se retourne. Presse le pas. Trébuche. À un moment, elle se réfugie dans une pharmacie. Jette à travers la vitrine un regard angoissé. La musique va crescendo.

Après un long moment, elle sort du magasin. Vacille sans qu'on saisisse exactement ce qui s'est passé.

Perd connaissance.

Quelques minutes plus tard, elle est emmenée par une ambulance vers un hôpital ou un asile de fous.

Le générique s'achève par la mention « Tiré d'un fait réel ».

La dégradation du comportement de Rebecca est un spectacle intéressant.

Elle ne se maquille plus, ce qui me plaît beaucoup. Certains hommes apprécient qu'une femme se fasse jolie pour eux, mais le contraire n'est pas non plus désagréable. C'est pour moi qu'elle a les cheveux tristes et les yeux gonflés. Parce qu'elle pense à moi qu'elle avance dans les rues avec le pas fourbu des condamnés.

Depuis décembre, elle a renoncé aux jupes et ne porte plus que des pantalons. Et de quelle couleur… Du gris, du bleu marine. Ira-t-elle jusqu'à s'acheter du marron ?

Quand je ne porte pas mon costume de livreur, mon look ressemble au sien. En moins soigné. Je me suis abonné aux joggings. Aux sweats à capuche. Moi aussi, pour d'autres raisons, je me fais le plus neutre possible. Certains jours, je nous trouve assez bien accordés.

Un autre truc m'amuse. Le premier soir, quand je l'avais aperçue au Nausicaa, elle ne semblait pas détester la proximité des garçons. À présent, elle lance des coups d'œil apeurés à tous ceux qui s'approchent d'elle à moins d'un mètre.

En ce moment, elle semble indisposée par la présence d'un blondinet à fine moustache. Pourquoi ? Il a commis l'erreur de s'asseoir non loin d'elle dans ce café où elle semble attendre quelqu'un. Elle doit s'imaginer qu'il l'épie.

Naturellement, il n'en fait rien. C'est à peine s'il a remarqué cette beauté déguisée en souris grise.

Décidément, elle a bien changé.

Moi aussi, d'ailleurs. Je suis de plus en plus serein au fur et à mesure que j'approche du but.

Je vois venir avec amusement le moment où elle regardera avec effroi tous ceux auxquels, sans mon intervention, elle aurait spontanément accordé sa sympathie.

Depuis que j'avais trouvé ce job, j'avais livré des dizaines de repas à des entreprises voisines de la sienne. Des pizzas, des pâtes, quelquefois des salades composées, accompagnées d'une boisson et d'un dessert. On était rapides et pas cher. Ça plaisait. Surtout en cas de forte pluie, quand nul n'a envie de sortir entre midi et deux.

Un de ses collègues a fini par connaître notre numéro. On consentait un rabais en cas de commande groupée.

Lorsque sa société faisait appel à nous, je ne montais pas dans les étages, me contentant de déposer les déjeuners à l'accueil, mais, si je ne voyais jamais Rebecca, j'éprouvais l'excitation de pénétrer sur son territoire.

La fiche détaillait le nom des clients et le plat qu'ils s'étaient choisi.

Un jour, fin avril, j'ai repéré dans la liste deux petits mots tout simples : Rebecca Meyrowitz.

Je savais parfaitement ce que j'avais à faire. N'avais-je pas eu le temps d'y réfléchir ?

Naturellement, il fallait rester discret.

Lors de la livraison, j'ai pris soin de laisser sa commande au-dessus du carton, à la vue et donc à la portée de tous. Après quoi, je me suis éloigné rapidement.

C'est toujours en mon absence que se produisent les catastrophes. Peut-être mes allées et venues ne sont-elles pas moins observées que celles de Rebecca.

Je sors habituellement déjeuner vers treize heures. Lorsque tous les bureaux se sont vidés, mon amie descend à l'accueil récupérer sa collation. Puis, elle remonte à l'étage et ferme sa porte. Elle profite de ce moment pour se vider l'esprit. Il lui arrive d'appeler sa sœur, qui vit en Allemagne.

Ayant posé le plateau sur son bureau, elle a ouvert le bol de tortellinis nappés de sauce et a réparti le parmesan râpé. Puis elle a mélangé lentement. Au bout de sa fourchette est apparu quelque chose qu'elle n'est pas parvenue tout de suite à identifier. Quand elle a compris de quoi il s'agissait, son sang s'est figé.

Le petit bout de plastique rose dans lequel elle avait piqué par inadvertance, c'était le pied de la Barbie mutilée qui, deux semaines plus tôt, lui avait été adressée par la poste.

Le smartphone s'est mis à vibrer. Numéro inconnu. La prudence recommandait de ne pas répondre, mais Rebecca ressentait le besoin de parler à quelqu'un. Une manière comme une autre d'appeler au secours.

Au moment même où elle a saisi l'appareil, elle a eu l'impression de tomber dans un piège.

— Rebecca Meyrowitz ?

Une seconde est passée.

Son interlocuteur a répété :

— Rebecca Meyrowitz ?

C'était une voix masculine, joyeuse, ensoleillée. De celles qui réconfortent, qui font de nouveau couler le sang dans les veines.

Elle a bredouillé :

— Qui êtes-vous ?

— Maréchal des logis-chef Damien Escoffier.

En voilà un qui surgissait à point nommé. Beau et rieur sur son cheval noir, Zorro apparaissait dans un rayon de lumière. Le soulagement était tel que Rebecca n'a pas pu réprimer une exclamation joyeuse.

— Ah ! C'est vous !

— Je vous appelle pour effectuer le suivi de votre main courante. Comment allez-vous ?

— Bien, merci, mais je serai heureuse de vous parler.

Une seconde lui avait suffi pour analyser la situation. Il valait mieux donner le change que fondre en larmes comme une idiote au téléphone. Elle riait en me racontant la scène. Au moins était-elle parvenue à se reprendre au bon moment.

Le dénommé Damien a proposé un rendez-vous pour le lendemain.

Je te raconterai, a-t-elle promis.

Une manière polie de me faire comprendre que, cette fois, elle ne ressentait pas le besoin d'être accompagnée.

Dans la foulée, elle me supplia de taire l'agression dont elle venait d'être victime, ainsi que la visite – la quatrième, déjà – qu'elle allait faire à la gendarmerie. Pas question d'attirer une nouvelle fois l'attention de nos collègues, dont elle redoutait les commérages.

Je lui jurai d'être discrète. Partager les secrets de Rebecca était un privilège que je voulais mériter.

Toute la journée, j'ai tenté de me représenter la manière dont le gendarme accueillerait Rebecca. Son sourire en coin, un sourcil à demi levé, quand il constaterait qu'elle était venue seule. Le geste d'une aisance peut-être surjouée par lequel il l'inviterait à entrer dans son bureau. Le court silence qui précéderait leurs premiers mots. Je découvris une souffrance indéfinissable, dont je ne savais si elle relevait davantage de la curiosité ou de la jalousie.

Sur un étrange damier se jouait entre lui et moi une partie confuse. Il venait de me souffler un pion, puisque la protection de Rebecca m'échappait.

Je conservais néanmoins un avantage : j'étais sa confidente. Elle ne prenait plus aucune initiative sans me consulter. Quand elle jetait un coup d'œil à sa montre lors des réunions, j'en devinais la raison. Elle attendait le moment de pouvoir me parler sans témoin.

C'est dans ces moments-là, quand nous étions seule à seule, qu'elle reprenait le contrôle des événements. Elle se laissait aller au plaisir ambigu de la plainte.

Attendait de ma part des mots apaisants. Ces échanges à mi-voix, en fin d'après-midi, et la complicité qui s'ensuivait échapperaient toujours à Damien Escoffier.

Je n'ai pas l'âme d'une enquêteuse, mais comment n'aurais-je pas soupçonné notre entourage ? La carte anonyme avait été déposée au Colibri. Et c'était chez DireXon que Rebecca avait reçu la poupée mutilée. Quant au pied sectionné, n'importe lequel d'entre nous aurait pu, en partant déjeuner, le déposer dans son plateau-repas.

C'était même l'hypothèse la plus vraisemblable : la livraison se faisait à l'accueil, dont le responsable s'absentait peu avant treize heures. Le coupable travaillait forcément dans notre immeuble, sans doute à notre étage.

Je me souvenais que Mickaël avait fait des réserves sur mon amie. Mais il était en vacances à l'étranger, ce qui l'innocentait. Loïc, qui l'avait attaquée jadis lors d'une réunion – lui reprochant précisément de déjeuner dans son bureau –, semblait s'être trouvé une autre tête de Turc.

Qui d'autre pouvait en vouloir à Rebecca ? Nul ne lui était ouvertement hostile, mais sait-on jamais à quoi ressemblent nos ennemis ?

Aux réunions, j'écoutais parler Jules, trentenaire aux dents longues, dont la voix forte, la pilosité et les plaisanteries de corps de garde trahissaient la vitalité sexuelle.

Dans les couloirs, je croisais Hélène, jeune blonde au regard acéré, qui semblait prête à tout pour intégrer le cercle des décisionnaires.

À la machine à café, je tombais sur Magali, subalterne invisible et gémissante, dont le visage avait la couleur terne du regret.

Je liais conversation avec chacun. Je les laissais parler, tâchant d'entendre, derrière la banalité de propos insipides, la crispation des voix. Je prononçais incidemment le prénom de Rebecca. J'enregistrais tout. Un plissement de lèvres. Un battement de cils. La tension d'un muscle du visage. Je ne recueillis rien de significatif.

Régis, qui dirigeait un service parallèle au nôtre, s'agaçait parfois contre mon amie, mais son animosité était d'un bloc. Je n'y devinais aucune lézarde capable de l'entraîner trop loin.

Quant à Ludivine, nouvelle venue qui médisait d'une voix douce de tous ceux qui passaient à sa portée, elle était d'une malveillance universelle. Rebecca était loin d'être sa cible privilégiée. En somme, nos collègues me paraissaient tous également innocents et coupables.

Le lendemain matin, lorsque j'arrivai au bureau, Rebecca était déjà là. Elle travailla un long moment, concentrée face à son écran, silencieuse, efficace, après quoi elle reçut un de nos prestataires. Vers onze heures, elle alla chercher un café. Quand elle revint, elle referma la porte derrière elle.

Je ne posai aucune question. Mon rôle n'était pas de l'interroger mais d'attendre. Il allait de soi qu'elle allait me raconter son entretien avec Damien Escoffier.

Quand elle était arrivée à la gendarmerie, l'homme aux cheveux courts et au polo bleu l'avait enveloppée de son regard enjôleur, tendrement ironique.

S'il était manifestement déçu que cette histoire de harcèlement ait rebondi une nouvelle fois, il avait cependant fait l'effort de l'écouter. Sans l'interrompre. Sans la prendre de haut.

— Toutes les menaces ne sont pas suivies d'effet, avait-il admis, mais celle-ci mérite d'être prise au sérieux. Il est temps de porter plainte contre X, ce qui entraînera l'ouverture d'une enquête.

On était le 30 avril. Cinq mois s'étaient écoulés depuis que Rebecca l'avait sollicité pour la première fois. L'hiver paraissait derrière nous. L'air se réchauffait. Escoffier s'apprêtait-il à sortir de sa torpeur ?

Il alluma l'ordinateur, vérifia l'état civil de Rebecca, lui demanda de relater tout ce qui s'était passé depuis sa première visite et poursuivit :

— Si quelqu'un vous lance un avertissement, il ne faut pas vous boucher les oreilles. Qui est votre ennemi ? Que cherche-t-il à vous faire comprendre ? Quelle est la cause de sa colère ?

Il allait de soi qu'elle s'était déjà posé ces questions. Pendant des nuits entières, elle avait fait défiler ses souvenirs. Les rivalités d'enfants. Les premiers flirts. Les jalousies qu'on croit insignifiantes. Elle s'était retrouvée bredouille.

Quand le gendarme lui avait soudain demandé le nom des hommes susceptibles de lui en vouloir, elle n'avait pu en citer aucun. Il lui avait reproché – d'un ton mi-boudeur mi-affectueux – de ne pas être très coopérative.

Le silence était tombé dans la pièce. Alors, passant du ton de l'interrogatoire à celui de la confidence, il lui avait parlé d'une affaire qu'il venait de boucler.

Pendant plusieurs semaines, un groupe d'immeubles de la banlieue d'Annecy avait été la proie d'un incendiaire. Le feu prenait plusieurs fois par semaine, généralement au milieu de la nuit, tantôt dans un local à poubelles, tantôt dans un placard où l'on remisait des produits d'entretien, tantôt dans une loge désaffectée. On s'inquiétait. Même si les secours avaient toujours été prévenus à temps, on redoutait un drame.

Quand les pompiers arrivaient sur place, les habitants excédés les accueillaient avec des cris de colère. À ce moment-là sortait de la foule une jeune femme qui se proposait de les guider dans les couloirs ou de leur ouvrir les portes. Elle était maquillée avec soin, habillée avec une recherche qui détonnait, compte tenu de l'heure tardive à laquelle ils se présentaient.

Son comportement avait intrigué les enquêteurs. Ils avaient vérifié son ordinateur et découvert des recherches récentes sur un pompier dont elle était tombée amoureuse.

Escoffier avait parlé de manière enjouée, mais son message était clair : certaines victimes, ou prétendues telles, cherchent en fait à attirer l'attention sur elles. Le problème provient d'un manque affectif. Rebecca ne pouvait que le prendre pour elle.

Il y avait eu un nouveau silence. L'atmosphère s'était alourdie. Mon amie ne savait si elle devait rester ou partir. Le gendarme n'a rien fait pour abréger ce flottement.

C'est alors qu'il a répété sa question : Rebecca avait-elle, sinon des ennemis, du moins des soupçons, des doutes ? Avait-elle jamais été harcelée, notamment sur son lieu de travail, puisque c'était là que la menace semblait se concentrer ?

De guerre lasse, et parce qu'elle se sentait sous pression, elle avait fini par lâcher le nom d'un manutentionnaire, Antonio, qui la reluquait au bureau à une époque et s'était permis plusieurs fois des réflexions déplacées. De la drague lourdingue, du machisme ordinaire. Pas de quoi non plus fouetter un chat.

— Je vais le convoquer, avait annoncé Damien Escoffier.

Rebecca avait sursauté. Si elle détestait la manière dont Antonio la regardait, elle le savait incapable de torturer une Barbie. Elle pensait même que, la voyant menacée par un agresseur, il n'aurait pas hésité à la protéger, ce qui n'était probablement pas vrai de tous nos collègues.

Elle avait voulu protester, mais le gendarme l'avait interrompue d'un geste.

Silence.

Son avis n'importait pas.

Ce n'était pas elle qui était chargée de l'enquête.

À peine mon amie avait-elle prononcé le nom d'Antonio que celui-ci avait été convoqué à la gendarmerie. Il n'était rien ressorti de l'interrogatoire, mais, au bureau, l'atmosphère s'était dégradée. On s'épiait. On cancanait. On se lançait des regards obliques.

L'époque où je ne voyais aucun ennemi à Rebecca me semblait révolue. Désormais, chacun semblait lui en vouloir.

Nos collègues lui battaient froid.

Parmi tous ceux qu'elle croisait entre l'heure de son arrivée et celle de son départ, il n'y en avait pas un qu'elle ne soupçonnât d'être son persécuteur.

Croiser un membre du comité de direction devint un supplice. Un jour, comme elle travaillait sur son ordinateur, l'un d'eux, arrivant derrière elle, posa sa main sur son épaule. Elle ne put retenir un cri.

Les inconnus l'inquiétaient différemment. Son sang se glaçait si le regard d'un anonyme – un coursier, un livreur – s'attardait sur elle. À ce jeu-là, les femmes ne lui faisaient pas moins peur que les hommes.

Les forces de l'ordre sont plus présentes et plus inefficaces qu'on ne le croit généralement. Début mai, traînant au Colibri, j'appris qu'on soupçonnait un manutentionnaire. Ben voyons. Six mois plus tôt, il s'était permis de dire à Rebecca qu'elle avait de beaux seins. Apparemment, le compliment n'était pas tombé dans l'oreille d'une sourde.

Dans le petit groupe de bavards que j'écoutais jacasser à l'heure du déjeuner, personne ne croyait que ce pauvre type pouvait être coupable. C'est elle qu'on condamnait. On lui reprochait d'aller régler ses litiges professionnels à la gendarmerie.

Un type avait essayé de la défendre ou, du moins, de lui trouver des circonstances atténuantes, mais les femmes, surtout les jolies, étaient impitoyables.

Elles lui en voulaient d'avoir jeté les flics sur la piste d'un bon bougre, peut-être pas très malin, mais qui n'aurait fait jamais de mal à une mouche. À les entendre, la salope, c'était elle.

Il ne fallait tout de même pas exagérer.

Une petite, plus jeune que les autres, assez mignonne, semblait en vouloir particulièrement à Rebecca. Comme si son prénom lui écorchait la bouche, elle affectait perfidement de l'appeler « Mlle R. ».

— Mlle R. est allée voir les gendarmes, susurrait-elle. Mlle R. a dénoncé Antonio. Pour qui se prend Mlle R. ?

Cette peste, je me ferai un plaisir de lui régler son compte un jour ou l'autre, mais, pour l'instant, je me concentre sur Rebecca. On ne peut pas être partout.

Ayant recueilli quelques rires, qu'elle a interprétés comme un encouragement, la mignonne a ajouté :

— Mlle R. a reçu des menaces, mais qui les a vues à part elle ?

Le brave type a protesté.

— Allons, Ludivine, nous avons tous eu en main les coupures de journaux.

Rebecca a donc un allié dans la place.

— Qui nous prouve, a repris la pécore, qu'elle ne les avait pas collées elle-même au dos de la carte ?

Personne n'a réagi. Dans quelques jours, Rebecca sera définitivement classée parmi les mythomanes.

Pour entrer dans la vie de Rebecca, je lui ai adressé le titre de trois articles. La lecture des faits divers inquiète toujours les jolies femmes. Voilà qui illustre les pouvoirs de la presse.

Dans mon esprit, il s'agissait d'une mise en bouche.

Je l'ai suivie dans les supermarchés. Puis je me suis attaqué à sa voiture. Histoire de l'asticoter. C'était taquin mais inoffensif, puisque la menace restait virtuelle.

Par la suite, elle m'a retrouvé dans sa boîte aux lettres.

Puis au bureau.

Si elle a les idées claires – j'espère pour elle que c'est encore le cas –, elle doit bien penser que, la prochaine fois, je me manifesterai chez elle.

Où donc me découvrira-t-elle : dans le vide-ordures ou au fond de sa penderie ? Pour l'instant, elle cherche.

Je ne pense pas qu'elle ait encore deviné quoi que ce soit.

En attendant, elle doit alterner cauchemars et insomnies. Je ne suis pas du genre à demander une commission, mais l'industrie des somnifères et des tranquillisants me doit beaucoup.

Début mai, Rebecca quitta Annecy pour profiter de la dernière neige à Val-d'Isère. Elle qui, les autres années, adorait monter en station, avait passé l'hiver sans faire de ski. Il était temps de se décider. Elle s'était laissé entraîner par une dénommée Delphine, qui réunissait une bande d'amis dans le chalet familial.

Au même moment, je rentrais dans l'agglomération lyonnaise. J'y retrouvai ma mère dont je redoutais l'acrimonie, les sautes d'humeur et, par période, l'enfermement dans deux abîmes que je connaissais bien, l'alcool et la télévision. Pendant des années, nous avions vaillamment lutté l'une et l'autre – parfois l'une contre l'autre – pour tenir debout.

À force de volonté, elle m'avait hissée vers un avenir auquel elle n'aurait jamais part. Pour sa fille, elle voulait des études. Une école de commerce. Un vrai métier. De l'argent. Son objectif était que je m'en sorte. Dans l'appartement de Bron, où je me sentais désormais à l'étroit, je mesurais qu'elle l'avait atteint.

Le samedi, nous avons fait le marché. À tous ceux que nous croisâmes ce matin-là, elle lança la même phrase, où s'exprimaient l'incrédulité, la fierté et le regret :

— Tu reconnais ma Violette ?

C'était sa manière de leur dire que je lui avais échappé – que je m'étais enfuie vers cet ailleurs qu'elle avait désiré pour moi. Au déjeuner, nous nous sommes installées face à face, unies et solitaires, comme nous l'avions toujours été. Je lui parlai de Rebecca.

Je racontai l'histoire du harcèlement.

Elle parut intéressée. Mon installation à Annecy ou les problèmes que je pouvais rencontrer chez DireXon lui semblaient irréels. Mais les histoires de femmes battues ou humiliées la concernaient. Elle reconnaissait une chanson familière.

Quand je l'ai quittée, à la fin du week-end, elle m'a chargée de veiller sur celle qu'elle avait baptisée « la petite ».

— Tu me donneras des nouvelles, avait-elle dit.

Cette demande concernait autant ma vie que celle de Rebecca, qui créait entre nous un lien nouveau.

Pendant le week-end, Rebecca ne s'était pas manifestée. J'avais imité sa réserve. Quand je l'ai revue, le lundi matin, elle avait un hâle magnifique. M'apercevant sur le seuil de son bureau, elle me fit de la main un signe joyeux. Je devinai ce qui s'était passé.

Les détails n'avaient pas tardé à venir.

Au pied des pistes, où les skieurs n'étaient plus très nombreux, elle était tombée sur un cousin de Delphine, Cédric, pour lequel elle avait toujours eu un faible, mais qu'elle n'avait connu qu'amoureux d'une autre. Celui-ci s'était joint à leur bande d'amis.

Rebecca avait compris au fil des heures que, cette fois, le jeu de chaises musicales tournait en sa faveur : Cédric sortait d'une rupture, elle était seule. Pendant la longue journée qu'ils avaient passée sur les pistes, ils s'étaient plusieurs fois souri sans raison.

Cela allait presque de soi : Cédric était venu dîner au chalet. Alors qu'elle s'installait au coin du feu pour prendre l'apéritif, elle avait reconnu les sensations des premiers flirts. La complicité vaguement envieuse des autres filles. Le regard des garçons qui se modifie. La présence d'un corps qui attendait le sien.

Samedi, voyant les volets de Rebecca fermés et comprenant que j'allais m'ennuyer tout le week-end, j'ai décidé de changer d'air. Je suis allé faire un tour au centre-ville, où mes pas m'ont porté devant un vaste cube en verre.

Les bibliothèques municipales sont un des seuls endroits, avec les cimetières, dont les portes ne se ferment pas devant les inconnus. Ces zoos humains m'ont toujours attiré.

J'ai passé un moment devant les rayonnages, puis me suis installé à une table avec un dictionnaire de psychanalyse dont l'article « Phobie » était un régal. Il existe un nombre incalculable de répulsions, qui donnent lieu aux manifestations de rejet les plus étranges. J'en ai parcouru l'inventaire sous les yeux d'une jolie Savoyarde aux joues roses qui me jetait de temps à autre un regard perplexe. Quand elle ne se tordait pas le cou pour lire le titre de mon ouvrage. De quoi je me mêle ?

Au bout d'un moment, je suis allé chercher un autre livre dont j'ai tourné la couverture vers elle. *Le Sexe et l'Effroi.* La jouvencelle n'a pas tardé à déguerpir.

Juste après son départ, je suis tombé, dans une revue de psychologie, sur un article consacré au couple. Il m'a beaucoup appris. Toute relation sentimentale admet une part de cruauté qui, tant qu'on respecte certains codes, contribue à la stabiliser. En revanche, le moindre écart risque de la compromettre.

C'est ce qu'on peut appeler une bonne nouvelle. En somme, pour peu que je m'efforce à un minimum de retenue – que je me cantonne en deçà d'une certaine limite –, le couple que je forme avec Rebecca pourra durer des années.

Je pense d'ailleurs qu'à son insu, elle est très attachée à moi.

Depuis leur week-end au ski, Cédric, qui habitait près de la frontière suisse, retrouvait tous les soirs Rebecca à Annecy. Le temps se réchauffant, elle avait troqué ses vêtements d'hiver pour des tenues plus légères et plus seyantes. Au bureau, elle parlait d'une voix détendue. Dans les couloirs, on entendait à nouveau son rire.

Je m'étais souvent moquée des filles qui tombaient folles amoureuses d'un garçon en un week-end. Leur précipitation me semblait ridicule. Une nouvelle fois, Rebecca me surprenait. Longtemps, j'avais admiré sa réserve, sa retenue, la manière dont elle se dérobait aux autres. Je ne l'aurais pas crue capable de céder si vite.

Au reste, son comportement m'apportait une indication cruelle. Durant l'hiver où j'avais eu l'impression de la soutenir de toutes mes forces, elle avait eu besoin d'une présence masculine. Je ne lui avais procuré qu'un réconfort provisoire.

Cédric était apparu.

Je devenais inutile.

Elle apercevait le bout du tunnel.

J'essaie d'avoir les idées larges et tiens la jalousie pour un vilain défaut. Certaines infidélités sont cependant désobligeantes.

Je ne sais pas qui est ce garçon que j'aperçois constamment auprès de Rebecca depuis le 1er mai, mais la nature de leur relation ne fait guère de doute.

L'a-t-elle rencontré au cours de cet interminable week-end, pendant lequel ses volets sont restés fermés ? Dans ce cas, il n'aura pas mis longtemps à l'emballer.

Ce type-là est devenu pour moi un nouveau sujet d'intérêt. Il a naturellement une belle voiture. Un coup d'œil à travers son pare-brise m'a permis de lire son nom sur une enveloppe. Cédric Pionnet. Du même coup, j'ai obtenu son adresse.

On apprend pas mal de choses en tapant deux mots sur Internet. Cédric Pionnet a fait ses études à Grenoble. Puis il est entré dans une compagnie d'assurances. Le travail ne devait pas l'intéresser beaucoup. En outre, il devait penser qu'il avait du talent. Paresse, orgueil – deux péchés capitaux. Cédric, qui appartient à la race des êtres prévisibles, s'est tourné vers la photo d'art.

Je m'abstiens de toute manifestation visible. Par prudence, bien sûr, mais aussi parce que mon emprise tient en partie à mon inexistence. Je suis quelqu'un d'invérifiable.

Un coup de tonnerre. Un pigeon mort. Le grincement d'une latte de parquet. Tisser un lien entre ces signes disparates relève évidemment de la paranoïa.

Rebecca hurle dans la nuit.

— Qu'est-ce qui t'arrive, ma chérie ?

Elle serre la main de Cédric, qui dormait paisiblement à ses côtés :

— J'ai l'impression qu'il y a quelqu'un là, derrière les rideaux.

— Tu as rêvé. Il n'y a personne. Tu vois bien que tu te fais des idées.

Et le benêt se rendort en se demandant ce que cette fille bizarre a dans la tête.

Rebecca ne me proposa pas de me présenter Cédric. Sut-il jamais qu'elle avait au bureau une amie qui la protégeait ? Je n'ai pas cru bon de manifester ma curiosité. Mieux valait que je reste à ma place.

Quant à Rebecca, elle était de nouveau hors de ma portée. Je retrouvais la femme des premiers jours. Lisse et lointaine. Profil ciselé. Allure hiératique.

De temps à autre, elle m'appelait sa « chère Violette ». C'était nouveau. Un jeu, peut-être, puisqu'elle avait repris son indépendance.

Je n'étais pas dupe de cette marque de tendresse, mais j'aimais toujours la manière délicate dont elle prononçait mon prénom.

Quand j'étais avec elle, je ne pouvais pas m'empêcher d'attendre un signe de sa part. Un mot.

Lequel ? Peut-être un au revoir, puisqu'il lui avait suffi d'un week-end pour réinstaller entre nous une distance que j'avais mis des mois à abolir. Mais pour qu'elle le prononce, il lui aurait fallu comprendre que je l'attendais.

Rebecca a un amoureux. Il faut que je m'habitue à cette idée. Cédric Pionnet est le type même du garçon qui ne protège personne mais qui rassure les femmes.

Sa silhouette sort d'un journal de mode. Il porte des chemises blanches ou bleu pâle, une veste en lin, un jean ajusté et des lunettes fumées. Pour son anniversaire, elle lui offrira une belle écharpe qu'il enroulera autour de son cou avec une négligence étudiée.

Il a les cheveux châtain clair, les yeux noisette. Un regard bête et calme. Ces garçons-là, elle les remarque du premier coup d'œil.

Cédric Pionnet n'a jamais dû ramer beaucoup pour tomber les filles. Quand il fume, il renverse la tête en arrière, comme si le passage des nuages était un spectacle passionnant. Visiblement, il tient à ce qu'on le prenne pour un rêveur.

Je l'imagine en train d'emballer les gonzesses en leur faisant croire que ce qu'elles racontent est passionnant. Le genre de truc qui marche à tous les coups. Un regard tendre, un verre en terrasse, et le tour est joué. Après quoi, il se donne le droit de les croquer sans vergogne. Avec ses copines, Rebecca doit parler de lui pendant des heures au téléphone.

Cela dit, je dois reconnaître qu'ils forment un beau couple. Je craignais de la voir apparaître un jour au bras d'un vieux beau à mocassins, avec un petit chien en laisse et une voiture hors d'âge. Sur ce plan, au moins, me voilà rassuré.

On a évité le pire.

J'imagine une conversation entre eux.

— Ma chérie ? À quoi penses-tu en ce moment ?

Si Rebecca répond la vérité, il lèvera les yeux au ciel.

— Encore cette histoire ?

Alors, elle ment.

— Je me disais qu'un soir on pourrait inviter Emma et Grégoire à dîner.

Il n'y voit que du feu.

Approuve niaisement.

Qui suis-je dans leur relation ? C'est simple : je suis l'autre homme, celui qu'elle a en tête quand elle raconte des balivernes à son amant. En un sens, on peut considérer qu'elle le trompe avec moi.

Le plus savoureux est qu'elle ne puisse me donner de visage ni de voix. Je suis un oiseau de nuit qui s'est posé près d'elle. Une ombre, un cauchemar, un fantasme. Invisible. Innommable.

Je suis pourtant certain qu'elle m'a affublé d'un petit surnom. Lequel ? « Mon ennemi » ? C'est presque un peu intime. « Mon chasseur » ? Trop sexuel. « Le cinglé » ? « Le sadique ? » C'est plat.

Peut-être a-t-elle préféré m'attribuer un nom de baptême. Jean-Louis. Romain. Arthur. Maurice. À moins qu'elle ait inventé un sobriquet.

Auquel cas Diabolo me conviendrait assez.

Diabolo. Le chien des *Fous du volant.* L'alter ego de Satanas.

En tout cas, je la crois assez orgueilleuse pour m'imaginer sous les traits d'un bel homme.

Menton carré, profil slave, regard bleu acier.

Physique de tueur à gages.

Grand front.

Musculature imposante.

Mon contraire, en somme.

— Il semblerait qu'elle aille mieux, a dit l'une de ses collègues.

J'écoutais d'une oreille, au comptoir du Colibri.

Elle va mieux ? Vous faites bien de me prévenir. Je ne pense plus à rien en ce moment. Le printemps, sans doute.

Il est temps de me ressaisir.

Même s'il ne venait pas rejoindre Rebecca, Cédric Pionnet aurait une bonne raison de se rendre souvent à Annecy. On expose en ce moment ses photos dans une salle du château – ce qui prouve au moins qu'il a des relations.

J'y suis allé. L'art m'intéresse.

J'ai longuement regardé ses tirages. Noir et blanc. Format moyen. Des rectangles qui se détachent sur le mur nu. Ses motifs de prédilection ? Le banal. Une branche à contre-jour. La main d'un enfant endormi. Un verre d'eau posé dans un faisceau de lumière. Des clichés mollassons puant le défaitisme. L'alliance bébête du contrasté et du fondu. Il y a vraiment des amateurs ? On rêve.

Dans le meilleur des cas, ces photos tenteront des femmes nostalgiques et fortunées. Des inconditionnelles des romans tristes et du thé fumé. Des malheureuses qui n'ont jamais trouvé l'âme sœur. Celles-là n'ont pas manqué de coucher leurs coordonnées, avec quelques lignes enthousiastes, sur le livre d'or.

Une image a tout de même retenu mon attention : le regard fixe d'un chat sur un oiseau en cage. Tension, cruauté, frustration. Je ne sais pas ce qu'en dirait un psychologue, s'il devait se prononcer dans un rapport d'enquête sur le cas de Cédric Pionnet.

Sans doute expliquerait-il, en mots savants et tortueux, que voltigent, sous le front buté de ce garçon fadasse, d'intéressantes pulsions sadiques.

Rebecca s'éloignait. Je savais que je conservais sa confiance, puisqu'elle continuait de se délester sur moi de missions importantes. Mais, depuis que Cédric était entré dans sa vie, j'avais cessé d'exister pour elle.

Au travail, quand je lui adressais la parole, elle gardait les yeux rivés sur son écran. Mettait un long moment à me répondre, parfois sur un ton d'ineffable ennui.

Un jour, j'eus besoin qu'elle signe un reçu. Le coursier attendait. Elle était au téléphone, ce qui ne l'avait jamais empêchée de parapher un document. Je lui fis un geste qu'elle ignora.

La conversation s'éternisa. Debout face à elle, je désignai une nouvelle fois le bordereau que j'avais placé sous ses yeux. Elle fit comme si elle ne le voyait pas. Voulait-elle me témoigner son indifférence ? Évaluer ma docilité ?

Quand elle finit par raccrocher, la sonnerie retentit à nouveau. Voyant qu'elle répondait, je fis mine de quitter la pièce. Rebecca me retint, d'un mouvement agacé mais impérieux.

Je patientai.

À plusieurs reprises, son regard passa sur moi comme si j'avais été un simple élément du décor. Un être de cire et de chiffon.

Il me semblait qu'elle avait oublié ma présence quand, ayant achevé sa conversation, elle m'adressa le sourire factice d'une femme du monde qui consent enfin à se rendre disponible.

Je lus sur son visage une telle insincérité qu'il me parut presque laid.

Son numéro, Rebecca me l'avait donné elle-même à son insu, quelques semaines plus tôt. J'avais noté qu'elle sortait souvent de son bureau vers onze heures pour fumer une cigarette face au lac. C'était le moment où elle passait des coups de fil personnels. Les gens parlent fort à l'extérieur. Assis sur un banc non loin d'elle, je n'avais eu qu'à tendre l'oreille.

— Bonjour, c'est Rebecca. Nous sommes plusieurs à être invités chez Delphine le 1er mai et nous réfléchissons à un cadeau collectif. Pourrais-tu me rappeler au 06… ?

Sur un journal, j'avais noté les chiffres qu'elle avait prononcés très distinctement, et qu'elle avait même eu l'obligeance de répéter. Ce n'était pas plus difficile que ça. Je ne comprends pas qu'on soit si peu méfiante.

Un week-end, je file à Lyon. Aux abords de la gare, j'achète un téléphone portable pour quatre sous à un vendeur qui oublie aussitôt mon visage.

Le dimanche soir, dans le train qui me ramène à Annecy, je ressens un bonheur étrange. Les autres voyageurs sont assommés d'ennui. La plupart dorment. Moi seul semble avoir un projet.

Sitôt descendu sur le quai, je compose le numéro de Rebecca en songeant que, dans quelques secondes, elle me sentira vibrer dans son sac.

Pour mon premier appel, j'avais besoin de me sentir dans la foule, après quoi je suis parti d'un pas léger faire un tour en ville. La soirée est belle. Les arbres sont de nouveau couverts de feuilles. Nous sommes le 7 mai. Demain, on célébrera l'anniversaire de la victoire. Il y a des drapeaux aux fenêtres de la préfecture.

Le second appel, je le passe le lendemain vers midi dans le petit square de l'Évêché, à l'endroit même où l'on peut lire sur une plaque de pierre : « Un matin de Pâques fleuries de 1728, Jean-Jacques Rousseau rencontra ici Mme de Warens. » Le cadre est historique et enveloppant. Non loin de moi, les touristes parlent anglais ou japonais.

J'aurais pu choisir un lieu banal, mais j'avais envie d'en faire un peu trop pour marquer l'événement. Appeler Rebecca, c'est monter dans la hiérarchie sociale.

Elle ne décroche pas. Je tombe sur sa boîte vocale. Mon message, qui dure deux minutes, est totalement silencieux.

Il serait facile d'approcher le combiné de ma bouche et lui faire entendre mon souffle. J'y pense, bien sûr. Ce serait plus animal, plus pulsionnel. Mais le minimalisme me semble suffisamment éloquent. Et pas moins efficace. Quelquefois, trop peu, c'est amplement suffisant.

Parler ne me vient pas à l'esprit. Mon objectif n'a jamais été de lui faire passer une information.

Il est plus égoïste.

Au fil des mois, un fil s'est tendu entre nous. Il suffit de le matérialiser par un silence.

C'est la première étape de mon nouveau projet : savoir que, pendant plusieurs jours, elle sursautera chaque fois que son téléphone se mettra à sonner.

Patience.

La suite viendra bientôt.

Cette semaine, j'ai suivi un festival de films policiers. Ceux que j'ai vus ne m'ont pas convaincu. Pourquoi ne montre-t-on jamais à l'écran la terrible tendresse de l'assassin pour sa victime ? La préférence, injuste mais réelle, qu'il lui accorde ?

On prétend que certains criminels sont indifférents à leur cible. Qu'ils tapent au hasard, en fonction des circonstances. Comment le croire ? Qui s'appliquerait à tourmenter quelqu'un dont il n'aurait que faire ? Le meurtrier choisit sa proie comme la ménagère ses melons. Il la soupèse, l'évalue, la porte à ses narines en espérant être charmé.

Je connais le parfum de Rebecca. Le jour venu, je sais que je trouverai sur sa peau les doux relents de l'été, du sucre et des promesses non tenues. Avec sans doute, derrière l'oreille, noyée dans l'odeur du sang versé, une note subtile de poire et de miel.

La seconde étape du projet était plus amusante – et plus active – qu'une simple farce téléphonique.

En intervenant sur les freins de son Austin, j'ai cueilli le fruit défendu.

À présent, il ne reste plus qu'à attendre. J'aime les moments où les décisions nous échappent. Où la Providence se substitue à notre volonté.

Rebecca pourra aussi bien s'en tirer avec des égratignures qu'être à jamais défigurée – ce qui serait dommage. À intervalles réguliers, il faut s'en remettre au hasard. Lui seul est digne de rebattre les cartes de nos vies, de distribuer à chacun son dû.

L'accident se produira demain. Je ne détesterais pas qu'elle en sorte indemne. Dans ce cas, je me dirais qu'à sa manière Rebecca est assez géniale. Mais enfin, à l'impossible, nul n'est tenu.

Elle et moi nous sommes partagé le risque. Elle est en première ligne, car c'est elle qui a le plus à perdre ; mais, quand elle introduira la clef dans la serrure de sa voiture, c'est tout de même moi qui sentirai mon cœur s'accélérer.

À elle, le danger ; à moi, la peur.

Joli partage, en vérité.

Contrairement à toute attente, c'est Cédric que j'ai vu, vers huit heures et demie, se diriger vers l'Austin rouge. Comme était-ce possible ? Voilà qui déjouait tous mes plans. C'était la première fois qu'il empruntait la voiture de Rebecca.

Il s'est installé au volant avec une mine de propriétaire. A réglé l'autoradio, ajusté le rétroviseur et bouclé la ceinture de sécurité. L'histoire devenait presque trop belle. Le destin allait-il me débarrasser de ce soupirant aux petits pieds ? Dans ce cas, comment réagirait l'aimée ? En fiancée éplorée ou en veuve indigne ? Comprendrait-elle seulement que le coup venait de moi ?

Le garçon stupide a démarré. À cet instant, il pouvait encore réduire mon plan à néant ou le faire réussir au-delà de toute espérance. L'Austin a déboîté, tandis que je tentais de la suivre des yeux, afin de ne rien perdre de ce qui arriverait.

Cédric a accéléré pour doubler une camionnette avant de s'engouffrer dans une rue dont la pente est particulièrement raide. Je n'ai pas vu la suite, mais elle n'est pas difficile à reconstituer.

C'est quand il a voulu freiner qu'il a compris que quelque chose n'allait pas.

Sans doute s'est-il mordu la lèvre et a-t-il laissé échapper un juron, tandis que son visage se déformait en une vilaine grimace.

Il faut croire que, bon conducteur, il a eu le sang-froid d'utiliser le frein à main, puisqu'il est parvenu à se ranger sur le côté. Pour finir sa course, il s'est encastré dans un camion à l'arrêt. Fin du rodéo en roue libre.

Les passants l'ont vu sortir de la voiture pour constater que le pare-chocs avait été enfoncé et le capot froissé. Le plus probable est qu'il devait être sincèrement embêté. Pas de quoi, mon bon monsieur. Il faut reconnaître que vous avez su limiter les dégâts. Je ne pense pas que Rebecca s'en serait tirée aussi bien.

Le défaut majeur de Cédric est d'avoir une tête à claques ; sa principale qualité est d'être très serviable. Il s'est occupé de tout. A appelé l'assurance. Fait venir la dépanneuse. Avancé les frais de la réparation. Ce genre d'initiatives m'agace. Je n'aime pas ces gens qui dissimulent aux femmes toutes les difficultés de la vie.

Autre défaut : il manque terriblement de curiosité. Je ne pense pas qu'il ait interrogé le garagiste sur les causes de l'avarie. Et, si celui-ci a abordé le sujet, Cédric ne l'a probablement pas écouté. Il faut croire qu'il s'en fiche.

Chacun sait pourtant que, sur un véhicule bien entretenu, les freins ne lâchent pas aussi facilement.

Je ne pense pas qu'il ait compris ce qui s'était passé.

Rebecca se doutera-t-elle jamais qu'elle était visée ? C'est peu probable.

On se donne du mal. On croit tout prévoir. Surgit sur son cheval blanc le chevalier De-quoi-je-me-mêle.

Et tout est à refaire.

Il y a vraiment des gens qui ont du talent pour vous gâcher la journée.

— Tu as de la patience avec ta chef, susurra Ludivine, dont la seule qualité professionnelle était la perfidie.

— J'en ai avec tout le monde, répondis-je en affectant de ne pas comprendre où elle voulait m'entraîner.

— J'ai l'impression qu'en ce moment c'est vous qui tenez le service, lâcha en réunion le directeur général, auquel je n'avais jamais affaire directement.

Je baissai modestement les yeux. Chez DireXon, j'avais réussi à m'imposer.

Rebecca, qui m'avait tenu la main les premières semaines, ne m'avait pourtant pas beaucoup aidée par la suite : depuis sa rencontre avec Cédric, elle se désintéressait autant de mon sort que de la stratégie de l'entreprise. Seulement, pour lui rendre service, je m'étais substituée si souvent à elle que c'était désormais à moi qu'on s'adressait en cas d'urgence. Il faut croire qu'on m'en était reconnaissant.

La transformation de mon CDD en CDI ne rencontra aucun obstacle.

Quand on est concentré sur un point fixe, pas question de papillonner à droite et à gauche.

On doit viser un objectif, dont on ne dévie pas.

Ma cible a toujours été Rebecca.

Sauf qu'en l'espèce, il faut bien prévoir des représailles.

Cédric Pionnet va m'obliger à faire un pas de côté.

Du téléphone portable acheté à Lyon, j'appelle Rebecca plusieurs fois sans parler. Je choisis les soirs où Cédric ne dort pas chez elle. Et je me place au pied de son immeuble. Ensuite je cache l'appareil dans une cavité située derrière une gouttière.

Je renouvelle l'opération un bon nombre de fois. Il faut pousser Rebecca à bout.

Et puis, moi qui n'aime pas écrire, je lui envoie un jour un SMS : « Finiras-tu par préférer la douleur au plaisir ? »

Après ça, je lui donne quelques jours pour se creuser la tête. Elle hésite. Elle gamberge. Elle se repasse le film de sa relation avec Cédric.

Heure par heure.

Minute par minute.

Au bout d'un moment, elle trouve à cette question absurde – que j'ai écrite presque par inadvertance – une signification précise. Elle se souvient d'un geste, d'une allusion, de l'ombre d'un regard. Elle observe en frémissant les mains de son amant. Elle croit avoir percé à jour la perversité de Cédric Pionnet.

À ce moment-là, elle songe à rappeler la gendarmerie.

C'est quand elle s'est à nouveau préoccupée de mon sort, me demandant de mes nouvelles avec beaucoup de gentillesse, que j'ai compris : tout n'allait pas bien avec l'invisible Cédric. Un désaccord, peut-être. Des disputes. Une infidélité, déjà ? Pire ? Je ne tarderais guère à l'apprendre.

Rebecca portait bien les cernes. Loin de la défigurer, ils accentuaient la gravité de son regard. Ils lui donnaient même une majesté tragique. Quoi qu'il en soit, il était évident qu'elle ne dormait plus.

Cédric avait cessé de la rassurer.

Peut-être refusait-il de la croire en danger.

Ou alors elle se faisait un nouveau film dont elle ne m'avait pas encore transmis le scénario.

Le téléphone n'entre jamais chez moi. Je le laisse près de chez Rebecca, dans la cachette. Les gendarmes ne tarderont pas à le localiser.

Fin juin, un soir où la chaleur enveloppe la ville, je le glisse dans la voiture de Cédric, dont une fenêtre est restée entrouverte.

Le joli photographe va devoir se creuser les méninges.

Car on ne tardera pas à l'interroger.

Comment justifiera-t-il la présence, dans son véhicule, du téléphone qui a servi à harceler Rebecca ?

Ce matin, quand j'ai vu Rebecca sortir de la gendarmerie, plus dévastée qu'à l'ordinaire, j'ai failli éclater de rire, mais je me suis tenu à carreau. Ne jamais s'amuser du malheur d'autrui : telle est la règle en pareille circonstance.

Si elle tenait à Cédric, je reconnais que le coup a été rude. Elle doit penser qu'il avait bien caché son jeu. Belle gueule, sale type. C'est ce que les filles finissent par penser de la plupart de ceux qu'elles ont aimés.

À y regarder de plus près, la réalité pourrait paraître moins simple. Car enfin la trajectoire du garçon stupide serait assez curieuse. Mettre une femme dans son lit, d'abord ; la harceler, ensuite ? On procède rarement dans cet ordre.

Mais l'OPJ chargé du dossier ne doit pas être trop tatillon. Cédric a les apparences contre lui. Je devine que, tombant des nues, il s'est laissé arrêter sans protester. Au fil des interrogatoires, il a dû enchaîner incohérences et contradictions. Le propre des innocents est de ne pas savoir se défendre.

À présent, son compte est bon. J'espère qu'il va goûter aux charmes de la taule, après avoir épuisé ceux de la garde à vue. À lui, la promiscuité, le bruit, les odeurs. Le regard des autres qui se détourne lentement. La solitude.

S'il est encore en état de réfléchir, il doit se mordre les doigts d'avoir croisé Rebecca. Bien fait pour lui. Le grand principe, quand on n'a pas les reins solides, est qu'il faut éviter les jolies femmes.

II

À ses côtés

Après six mois sous la casquette rouge du livreur, j'avais besoin de vacances. On était en juillet. Chaque jour, la chaleur montait. Dans cette ville entourée pourtant de verdure et d'eau claire, le niveau de pollution battait des records. Il devenait urgent de prendre le large. J'avais passé déjà beaucoup trop de temps dans les rues à suivre Rebecca ou à l'observer à distance.

Et puis, la période des congés arrivait. Je devinais que, d'un jour à l'autre, elle allait me fausser compagnie. Je n'avais pas envie de me retrouver un matin seul sur le trottoir, face à ses volets fermés.

Par conséquent, il n'y avait qu'une chose à faire : descendre dans le Midi pour y chercher un job de saisonnier. C'était facile. Et ça avait un petit air de déjà-vu.

Une fois sur la côte, j'ai mené la même vie que l'été précédent. Le jour, je servais des verres sur des terrasses blindées. Le soir, c'était à mon tour de sortir. Je draguais les jolies filles tentées par l'inconnu. Quand ça marchait, je les emmenais faire un tour sur la plage.

Les corps nus sont plus beaux au clair de lune. Les mots d'amour vous montent aux lèvres. Je m'exerçais à parler cette langue étrangère.

C'était le temps des infidélités. Pendant que je rencontrais des partenaires d'un soir, Rebecca – en admettant que je n'aie pas réussi à la dégoûter des hommes – se consolait probablement de son long hiver en se laissant draguer par des garçons en T-shirt. Après tout, elle avait le droit de se détendre.

Nous nous reposions d'un de l'autre.

Comme certains couples désunis, nous passions nos vacances chacun de son côté.

Au lendemain de l'arrestation de Cédric, je m'étais employée à consoler Rebecca, qui avait versé des torrents de larmes. J'avais été surprise par la violence de son chagrin, qui avait duré des semaines. Il faut croire qu'elle l'avait réellement aimé.

Je la revois, serrant son mouchoir dans ses mains. À l'entendre, elle avait placé sa confiance dans le pire des hommes. En admettant que ce fût vrai, que gagnait-elle à le répéter sur tous les tons ? Et puis, le pire de tous, vraiment ? Que d'ambition. Avant elle, combien de femmes avaient entonné le même refrain ? Les peines d'amour sont la chose du monde la mieux partagée.

Petite nature, pensais-je généralement quand j'entendais une éplorée se plaindre de la sorte. Bécasse. Un garçon te passe la main dans les cheveux, et tu ne sais même plus comment tu t'appelles ? En ce cas, tu ne récoltes que ce que tu mérites. Dans ce type de situation, je retrouvais spontanément la dureté de ma mère, qui détestait qu'on pleure sur soi.

Avec Rebecca, je m'abstins cependant d'être trop franche.

Si je n'avais pas oublié l'indifférence avec laquelle, sitôt amoureuse, elle s'était détournée de moi, je l'admirais encore suffisamment pour m'apaiser. Je me retins donc de lui faire remarquer qu'une fille qui reçoit des menaces de mort doit se garder d'ouvrir son lit au premier venu.

À l'occasion, il m'est arrivé de compatir quand son regard sombre se noyait dans le mien. Je prenais alors la mesure de sa déception et de sa naïveté.

En revanche, même pour lui faire plaisir, je ne suis jamais allée jusqu'à charger Cédric.

Quand elle l'incriminait, je me taisais.

J'attendais.

Le moment n'était pas encore venu de lui ouvrir les yeux.

Pendant le mois d'août, les gendarmes bouclèrent leur enquête. Les vacances touchaient à leur fin lorsque, dans un journal, je tombai sur un entrefilet : « Le jeune homme harcelait sa fiancée ». Retenu par on ne sait quel scrupule, le journaliste s'abstenait de citer le nom de Cédric Pionnet, mais je reconnus aussitôt l'affaire que j'avais montée de toutes pièces.

Aucune photo de Rebecca n'accompagnait l'article. Dommage. Celle-là, je l'aurais volontiers découpée et gardée un moment dans mon portefeuille.

Toute la journée, j'ai eu le sourire aux lèvres. Mon rival venait de mordre la poussière. Voilà un succès qu'il fallait fêter dignement.

Le soir venu, je suis retourné au Nausicaa où, un an plus tôt, j'avais aperçu pour la première fois la fille à laquelle je n'avais jamais cessé de penser.

Cet anniversaire me montait à la tête. J'ai bu beaucoup. L'alcool et la musique aidant, je me suis senti gagné par un bonheur étrange, comme si Rebecca et moi nous nous étions donné rendez-vous. Curieuse impression. Son ombre se tenait à mes côtés. Son parfum flottait autour de moi. Son regard continuait de m'éviter.

Tout autour, des filles et des garçons se dévoraient des yeux. Le temps avait passé. Pendant des mois, je m'étais approché de ma proie. J'avais tourné autour d'elle. Je l'avais même tenue à ma merci. Pourtant, je me sentais dans le même état que le fameux soir où je l'avais rencontrée. J'étais attiré, impressionné, pour tout dire amoureux.

Moi qui suis rarement d'humeur causante, j'ai lié conversation avec un type assez bourré qui avait l'air de chercher de la compagnie. Le genre qui aborde tout le monde parce qu'il a envie de parler de lui.

Pourquoi ne pas l'écouter ? Je n'avais rien de mieux à faire.

— C'est ici que j'ai rencontré ma copine, m'a-t-il expliqué. On arrivait à la fin de l'été. On était seuls au bar comme deux crétins. Alors on a flirté sans trop y croire en buvant des verres. On s'est embrassés.

J'attendais tranquillement la suite.

— Faut croire qu'on n'était pas très accrochés, car on est repartis chacun de son côté. La nuit a été courte. Et, le lendemain, après quelques heures de sommeil, on s'est retrouvés par hasard sur le quai de la gare. On attendait le même train.

J'ai rigolé en écoutant son histoire. Décidément, le destin logeait au Nausicaa.

— Elle remontait vers Lyon, où j'avais résolu de tenter ma chance. Le soir même, j'ai dormi dans sa chambre de bonne. Ça s'est plutôt bien passé. Au bout d'un mois, on visitait des appartements tous les deux. Et on était partis pour des années…

Il ne m'a pas dit en revanche comment s'était finie l'idylle – parce que, enfin, il était seul au Nausicaa et qu'il cherchait visiblement à rencontrer quelqu'un.

Un coup dans le nez et les hommes deviennent bavards. Après deux verres de plus, ils sont tentés par la philosophie.

— Ce qui est drôle, c'est que le lendemain de notre rencontre, j'étais tellement cassé que j'ai failli ne pas entendre mon réveil. Dans ce cas, on ne se serait jamais revus. C'est bizarre, le destin. Les dés roulent. Le chiffre tombe. Gagné, perdu. Après ça, les jeux sont faits. On n'y revient pas.

Je regardais en rigolant ce garçon qui n'avait rien contre l'idée de jouer sa vie sur un tapis vert, mais qui semblait regretter que la partie n'ait pas duré plus longtemps.

Étais-je tombé dans le même traquenard ?

Pas tout à fait.

Dans mon cas, la Providence n'avait pas eu son mot à dire. Pas plus que Rebecca, d'ailleurs. Celle-ci n'avait rien compris à ce qu'il lui arrivait.

Elle n'avait jamais essayé de mettre la main sur moi.

C'était moi qui avais tout décidé.

Je suis l'unique auteur de notre histoire.

Après un moment, le type qui venait de conclure son soliloque m'a posé deux trois questions. Je n'avais aucune envie de me répandre en confidences mais, pour donner le change, j'ai raconté que, moi aussi, j'avais rencontré dans cette boîte une fille qui n'avait pas quitté ma vie.

Pour la première fois, j'ai prononcé le nom de Rebecca devant un inconnu. Je l'ai crié, plutôt, car le volume de la musique venait d'augmenter.

Ce moment-là a été aussi joli qu'un mariage. J'ai hurlé « Rebecca » à l'endroit même où nous nous étions connus un an plus tôt. Notre relation restait pourtant secrète. Je ne me serais jamais risqué à parler d'elle si je n'avais pas été protégé par la nuit, la foule et l'anonymat.

Allez savoir pourquoi, j'ai senti que ce prénom plaisait au type. Son regard s'est éclairé. Il a essayé de me relancer, mais il n'était pas question d'en dire davantage. Je suis parti sans demander mon reste, le laissant devant un autre verre, de plus en plus soûl, à rêvasser au nom d'une jolie fille dont il ne saurait jamais rien.

Peu après l'arrestation de Cédric, dont Rebecca ne cessait de ruminer les détails, je n'ai pas eu envie, en quittant DireXon, de rentrer directement chez moi.

Je suis allée m'asseoir dans un des grands hôtels de la rive est à la décoration impersonnelle et luxueuse. Seule. Pour prendre un verre. Et m'accorder le loisir de réfléchir à cette histoire qui m'avait encombré l'esprit trop longtemps.

Contrairement aux touristes installés sur la terrasse, je pouvais citer sans hésitation le nom des montagnes et celui des villages qui bordent le lac. Le nez en l'air, ils observaient le ballet des parapentes. Ils sondaient la lumière et les nuages en s'interrogeant sur la météo du lendemain. Je me sentais à mon aise dans cette région où j'avais fait ma place.

Le dos calé dans un fauteuil confortable, j'ai étendu mes jambes. J'ai repassé dans mon esprit l'enchaînement des faits.

Avec le recul, tout devenait plus clair.

Le matin de ses trente ans, quand Rebecca avait trouvé la première lettre de menace, composée de coupures de journaux, elle n'était liée à Cédric que par une attirance assez lointaine. C'était le cousin de sa plus vieille amie. Ils se croisaient de temps à autre et se caressaient alors du regard, ce qui suffisait à maintenir leur curiosité et leur appétit en éveil, mais leur relation était loin d'être passionnelle.

Ils s'étaient rapprochés pendant le week-end du 1er mai. Pourquoi en décembre, c'est-à-dire six mois plus tôt, Cédric aurait-il essayé de la terroriser ? À cette époque, connaissait-il seulement le nom de la société pour laquelle elle travaillait ? Aurait-il pu citer l'adresse de son bureau ? Il était probable que non.

Ce n'était pas lui qui avait déposé l'enveloppe au Colibri.

Cela tombait sous le sens.

Quant à imaginer qu'il puisse introduire le pied d'une Barbie dans nos plateaux-repas, c'était surréaliste. J'étais certaine qu'il n'y était pour rien.

En localisant le téléphone portable dont on s'était servi pour la harceler, Damien Escoffier avait cru saisir une preuve. Cédric concentrait sur lui toutes les charges. C'était commode. Le gendarme avait eu raison du photographe.

Rebecca avait été trop choquée pour protester. Depuis, elle vivait en recluse, obsédée par l'idée qu'on l'avait trahie.

Certains croient aux romans-photos. Moi, pas. Je n'avais pas envie de m'aveugler.

Dans cette histoire, le coupable était forcément quelqu'un d'autre.

En tout, je suis resté plus de six mois dans le Sud. J'avais besoin d'air. Et puis, si l'on veut prolonger le plaisir de la chasse, il faut permettre à la biche de reprendre haleine.

Pendant toute cette période, je n'ai pas cessé de penser à Rebecca. J'avais envie de la revoir et, bizarrement, j'appréhendais ce moment-là. L'attente n'était pas déplaisante.

Je réfléchissais à la manière dont j'allais engager la deuxième manche. Des idées m'avaient traversé l'esprit. Cependant, je n'avais encore pris aucune décision. Le moment venu, il faudrait improviser.

Et Rebecca ? Où en était-elle ?

Qu'était-elle devenue sans moi ?

Depuis l'arrestation de Cédric, elle devait s'être persuadée qu'elle ne risquait plus rien. Dans ce cas, ce serait une autre fille que j'allais retrouver. Légère. Souriante. Débarrassée de ses démons. Un bloc de confiance et de certitudes.

À moins qu'il n'y ait en elle une inexplicable nostalgie.

Que Rebecca n'éprouve l'envie secrète de retourner en enfer.

Qui pouvait le dire ? Il y avait toujours eu chez elle une part d'irrationnel.

Tout l'après-midi, nous avions travaillé sur un dossier volumineux que, seule, je ne parvenais pas à remettre à plat. Rebecca avait répondu à mes questions. Vers dix-sept heures, nous avons fait une pause. Préparé du thé. Voilà qu'elle s'est mise à reparler de Cédric, qu'elle ne parvenait pas à oublier.

Le moment me semblait bien choisi pour percer l'abcès et l'obliger à opérer un retour sur elle-même.

Quand on retrouve dans une voiture un téléphone qui a servi à harceler quelqu'un, lui demandai-je, en quoi cela constitue-t-il une preuve ? Si Cédric avait été coupable, son premier souci n'aurait-il pas été de cacher l'appareil ? Ou de le mettre en lieu sûr ?

Elle me l'avait souvent répété : chez ce garçon qu'elle connaissait depuis des années, nul n'avait jamais décelé la moindre forme de violence. Elle y voyait la preuve de sa dissimulation ; moi, de son innocence.

En m'écoutant, elle parut embarrassée. J'ai alors attiré son attention sur les dates, qui ne concordaient pas, puisque la première agression s'était produite bien avant le 1er mai.

Puis sur les lieux. Avant leur liaison, Cédric était-il jamais venu chez DireXon ? Savait-il seulement qu'elle déjeunait dans son bureau en se commandant un plateau-repas ? Qui pouvait connaître ce genre de détails à part quelqu'un qui travaillait à ses côtés ?

Elle convint que l'enquête avait peut-être été menée un peu vite. Escoffier s'était empressé de confondre celui qu'elle aimait. Il l'avait arrêté. Fort bien. Le coq avait crevé les yeux de son rival, mais, pour peu qu'on se donne la peine de réfléchir, cette victoire remportée au pas de charge ne pouvait pas faire illusion très longtemps.

J'ai regagné Annecy début janvier sans savoir ce que le hasard me réserverait. Il faisait froid. Les rues étaient vides. Où Rebecca était-elle, à présent ? Aurais-je du mal à retrouver sa trace ? J'avais quelques idées en tête pour le cas où elle aurait essayé de me semer.

Les retrouvailles ont été très douces et beaucoup plus simples que je ne l'avais imaginé. En me planquant devant son bureau, j'ai eu le plaisir de constater qu'elle n'avait changé ni de travail ni d'horaire.

En somme, elle n'avait rien fait pour essayer de m'échapper. On aurait même pu croire qu'elle m'attendait. Et je dois avouer que j'ai eu un immense plaisir à la revoir.

La solidité des couples est un mystère. Malgré les aventures de passage, j'ai compris que, pendant ma longue absence, je lui avais été fidèle. Du fond du cœur. Et j'ai senti de manière intuitive – à sa démarche à la fois hésitante et pressée – qu'elle ne m'avait pas totalement oublié.

C'était gentil.

Ça m'a touché.

Le lendemain de notre conversation, Rebecca s'est précipitée chez Damien Escoffier. Je n'ai même pas tenté de la retenir : elle voulait, toutes affaires cessantes, dénoncer une erreur judiciaire – comme s'il s'agissait d'une question de vie ou de mort.

Elle s'imaginait que Cédric dormait en prison et qu'elle allait lui rendre sa liberté.

Pauvre petite.

Ignorait-elle que le harcèlement est très rarement et, surtout, très légèrement condamné ? Quand le coupable arrive devant un magistrat, ce qui est rare, les sanctions sont dérisoires. En général, un rappel à la loi fait largement l'affaire. Une semonce, rien de plus. De bonnes paroles adressées sur un ton de réprimande. La justice ne s'émeut qu'après plusieurs récidives.

Le maréchal des logis-chef rappela à mon amie que Cédric n'avait jamais dormi sur la paille d'un cachot. Quant à rouvrir le dossier, il n'y fallait pas songer.

— Si vous êtes toujours amoureuse de Pionnet, observa-t-il, c'est votre problème. Pas le nôtre. Au demeurant, votre attitude n'a rien d'exceptionnel.

Beaucoup de victimes s'attachent à leur bourreau. On appelle ça le syndrome de Stockholm.

La réponse était cinglante. Rebecca ne répliqua pas. Quant à moi, le sourire d'Escoffier m'intrigua.

Qu'avait-il en tête ? J'eus à cet instant la certitude que l'arrestation de Cédric – dont la culpabilité n'était pas avérée et qui, de fait, n'avait pas été inquiété outre mesure – obéissait à une stratégie. Auquel cas le gendarme aux yeux bleus, qui affectait la décontraction, n'avait pas abattu sa dernière carte.

C'est la saison des vœux. Peut-être vais-je en profiter pour me manifester. Comme les postiers, les pompiers ou les cousins éloignés.

Je pourrais choisir une carte et griffonner à Rebecca des souhaits à double sens.

Trop plat.

Tout bien pesé, le 14 février me semble une meilleure date. C'est encore un peu loin, bien sûr, mais j'ai pris l'habitude d'attendre. Et puis, j'ai toujours aimé la Saint-Valentin.

Le 30 janvier, à la cérémonie des vœux, j'arborais une tenue violette qui me valut des sourires et quelques compliments. Le président, qui m'avait ignorée l'année dernière et auquel on venait à nouveau de me présenter, y fit allusion dans son discours :

— Parce que, dans les grandes occasions, il m'est quelquefois arrivé d'oublier un prénom, je remercie chaudement la collaboratrice dont la toilette est visiblement destinée à m'épargner un trou de mémoire...

Plusieurs personnes se retournèrent vers moi. Il y eut des applaudissements.

Je ne prétendais évidemment pas éclipser Rebecca. Du moins occupais-je désormais dans nos équipes une place que nul ne songeait à me contester.

Ce soir-là, je trinquai avec mes collègues en songeant que l'auteur du harcèlement se trouvait sûrement parmi nous. Je le cherchais des yeux. Une femme envieuse ? Un séducteur éconduit ? Une personne coupable de malversations et qui redoutait un contrôle du service juridique ? Toutes les configurations étaient envisageables.

Nous avions suffisamment bu pour que j'entrevoie la possibilité de démasquer le coupable, entre les flûtes de champagne et les canapés au foie gras. Mon regard se posa même sur les extra qui circulaient parmi nous, mais leur masque de cire était immuable. Ils paraissaient ne pas regarder l'assistance, qui se résumait pour eux à des mains qui se tendaient vers des canapés, à des verres qu'il fallait remplir.

J'avais l'impression d'approcher du but.

La soirée s'acheva pourtant comme celle de l'an dernier. Des collaborateurs qui rêvaient de se poignarder se tapaient cordialement dans le dos. Les paresseux bâillaient en regardant leur montre. Les joyeux riaient trop fort. Les mélancoliques s'ennuyaient ferme. Et Rebecca s'était mise en retrait.

Depuis un mois, je tourne de nouveau autour de son bureau. Comme un vautour ? Plutôt comme un chien qui, flairant la trace de son maître, s'apprête à lui faire la fête. Je retrouve la ville, les odeurs, les vitrines colorées. La bousculade, sous les arcades, devant les commerces de bouche. L'éternel ballet des livreurs de pizzas à casquette rouge.

En revanche, le plaisir que j'escomptais en me postant devant le domicile de Rebecca m'a filé entre les doigts. Au premier regard sur la façade, j'ai perçu que quelque chose avait changé.

Disparus, les stores blancs que j'avais si souvent observés depuis le trottoir d'en face. En leur lieu et place, on apercevait aux fenêtres des rideaux fleuris mi-pimpants mi-chichiteux. Une faute de goût impensable de sa part.

Je suis entré dans le hall en hésitant. Il y avait toujours l'odeur d'humidité, la lanterne en fer forgé, le demi-jour qui tombait sur les marches de pierre. C'est tout juste si je n'ai pas entendu résonner les voix de crécelle des deux pipelettes qui péroraient un an plus tôt. Mais un autre nom figurait désormais sur la boîte aux lettres, juste au-dessus de l'étiquette « Pas de publicité. Merci. »

Pendant quelques minutes, je me suis laissé envahir par la nostalgie, retrouvant le souvenir des heures passées au même endroit, à l'époque où Rebecca était en mon pouvoir. Si lointaine et si proche. Crispée, rétive, prête à crier.

La page était tournée. La biche s'était enfuie. J'allais devoir me relancer sur sa piste.

De temps à autre, je recevais une enveloppe de ma mère. On n'aurait guère pu parler de lettre, car elle n'écrivait pas. Elle communiquait autrement : pendant une quinzaine de jours, elle mettait de côté des photos, des articles, des prospectus annonçant des manifestations locales, et m'adressait le tout sans un mot, toujours généreuse et toujours maussade, pour me dire qu'elle pensait à moi.

Le week-end que j'avais passé chez elle nous avait rapprochées. Sensible au malheur de Rebecca, elle découpait à présent dans la presse la relation de faits divers qu'elle jugeait susceptibles de m'intéresser. Mauvais traitements. Harcèlements. Assassinats. Le Grand-Guignol des vies brisées, auquel je me retrouvais associée malgré moi.

J'aurais pu demander à ma mère de m'épargner ces nouvelles affligeantes. C'eût été peine perdue. L'obstination, dont j'ai hérité, était son trait de caractère le plus marquant.

Il s'agissait de découvrir où Rebecca avait déménagé. Assis sur mon scooter, casque intégral sur le visage, j'ai attendu patiemment l'heure où elle est sortie du bureau.

Elle est apparue peu après dix-huit heures, sanglée dans un petit manteau gris. Je l'ai regardée aller vers sa voiture, s'installer au volant et claquer la portière. Nous avons démarré au même moment. Bruits de moteur. Guêpe et frelon.

Mon excitation est retombée assez vite quand je l'ai vue s'engager, à l'opposé de son ancien quartier, vers un réseau de bretelles et d'échangeurs, et rouler un moment pour atteindre une zone résidentielle de la périphérie. Quelques maisons, des jardinets, des barres d'immeubles. Faut-il qu'elle ait changé depuis un an. Elle appartient désormais à la race consternante de ceux que rassure la banalité.

Là où elle a élu domicile, toutes les constructions se ressemblent. Et que dire des commerces ? Une boulangerie industrielle, une supérette, un Nicolas. Qu'on retrouverait au détail près à l'autre bout de la France.

Quant au défilé des passants, une procession de figures plates, sans épaisseur ni aspérités. Des masques de cire si différents de ceux qu'on croise au cœur des villes, où les regards ressemblent à des coups de couteau.

Quelquefois j'ai du mal à comprendre Rebecca. Déménager, prendre un nouveau départ ? Je devine qu'elle en a rêvé. Son optimisme à cet égard est émouvant. Mais quelle idée de se fourrer dans un endroit pareil ! Rêvait-elle d'un enterrement de première classe ? Dans ce cas, elle aurait mieux fait d'entrer dans les ordres.

Rebecca avait été si attachée à Cédric que mon plaidoyer pour son innocence l'avait immédiatement touchée. C'est tout juste si elle n'était pas retombée amoureuse. Je lui fis observer qu'on ne bâtissait pas l'avenir sur des terres brûlées.

J'en vins à la seconde partie de ma démonstration : si les enquêteurs avaient fait fausse route, le véritable agresseur, lui, courait toujours. Et il pouvait réapparaître à tout moment.

Elle frémit en m'entendant, ce qui, en un sens, aurait pu m'amuser. Sitôt courtisée par Cédric, elle m'avait soigneusement mise à l'écart, comme si l'apparition d'un soupirant m'excluait de facto *de son champ de vision. En l'obligeant à regarder la vérité en face, je reprenais ma place à ses côtés.*

À la prochaine alarme, c'était moi que Rebecca appellerait au secours. D'autant que je l'avais persuadée d'emménager tout près du lotissement où j'étais installée. Comment aurait-elle refusé ? J'étais sa plus chère, peut-être son unique amie. Quand Cédric avait disparu de sa vie, elle n'avait pu se raccrocher qu'à moi.

Une angoisse, un mauvais rêve ? Il lui suffirait de me passer un coup de fil. J'arriverais aussitôt. En cas de crise aiguë, je serais sa morphine.

Jour après jour, je me mets à sa remorque. Le week-end, à trente pas derrière elle, je la vois parcourir des rues sans grâce et sans histoires, où flotte l'odeur discrète du repli sur soi. L'air n'est parcouru d'aucune vibration. Jamais un rideau qui palpite. Pas même un chat filant entre les poubelles.

En un sens, Rebecca n'a pas commis d'erreur. La résidence où elle s'est enterrée est un lieu idéal pour une fille qui cherche à se dérober – en vain, bien sûr, puisque le pire vous rattrape toujours.

Très vite, je prends mes habitudes.

Malgré le froid, je m'installe chaque matin sous l'abri du car qui passe près de son immeuble. Quand elle sort de chez elle, je l'aperçois. Parfois, elle s'arrête un instant pour consulter son téléphone portable. Attendrait-elle un message ? On dirait qu'elle a repris goût à la vie.

Elle s'installe au volant de son Austin et démarre. Rejoint le bord du lac et l'immeuble de DireXon.

Certains signes ne trompent pas. Quand elle va déjeuner avec ses collègues, elle a de l'appétit. À travers la vitre, je la vois parler avec entrain. Elle sourit. En bout de table, la petite peste qui la déchirait à belles dents l'hiver dernier fait la doucette. La voilà devenue tout sucre tout miel.

En fin d'après-midi, quand j'ai fini ma dernière livraison, je fais les cent pas sur le trottoir.

Certains soirs, s'il m'arrive d'éprouver des doutes sur les sentiments de Rebecca, je m'efforce de chasser les idées noires. Il est certain que je compte encore beaucoup pour elle. Car même en admettant qu'elle voie un autre homme en ce moment, il va de soi qu'elle pense beaucoup moins souvent à lui qu'à moi.

Au fond d'elle-même, elle sait que nous avons rendez-vous. En tout cas, c'est dans cet esprit que je me suis à nouveau manifesté.

Le matin du 14 février, date que j'avais attendue patiemment, j'ai glissé une rose rouge sous son essuie-glace.

Et d'un doigt, sur le givre du pare-brise, j'ai tracé trois mots tout simples : « Je suis revenu ».

Le message était sobre et de bonne facture. « Je suis revenu ». Pas besoin d'écrire un roman. Ce matin-là, le ciel était gris. L'orage menaçait. Elle a eu juste le temps de lire la phrase avant que la pluie ne l'efface. Dans quelques jours, elle se demandera si elle n'a pas rêvé.

D'autant que, d'un geste impulsif, elle a balancé ma rose rouge dans le caniveau avant de démarrer. Un autre Valentin aurait pu lui en vouloir ; moi, ça m'a plu.

Je lui en ai même été reconnaissant.

Dans la traque dont elle est le gibier, Rebecca est ma plus sûre alliée. C'est merveilleux, cette manière qu'elle a de détruire tous les indices.

Une fille comme elle est une catastrophe pour les enquêteurs et une bénédiction pour un amoureux dans mon genre.

En tout cas, la rose n'a pas été perdue pour tout le monde. Une femme âgée qui allait faire ses courses l'a aperçue au bord du trottoir et ramassée avec un doux sourire. Puis elle l'a portée à ses narines en espérant qu'elle sentait bon.

L'instant d'après, elle a regardé autour d'elle en se demandant si elle devait la rendre à quelqu'un. Ou à qui elle devait dire merci.

À moi, ma chérie, mais ne t'inquiète pas. C'est de bon cœur. Valentin t'envoie ses vœux.

La dame est repartie à tout petits pas mettre la fleur dans un vase. La voiture de Rebecca avait disparu.

Encore une rose rouge qui finira sur un napperon brodé, entre une pendule en marbre et un cadre à photo. Toutes les fleurs n'ont pas la chance de se faner dans un décolleté.

Les trois mots écrits sur le pare-brise annonçaient le pire. Sur le moment, Rebecca, qui commençait tout juste à remonter la pente, avait été abasourdie. Je craignis de la voir sombrer à nouveau.

Ce matin-là, pour l'obliger à ne penser à rien, j'improvisai. J'invoquai une urgence. Des appels à passer. Un dossier à renvoyer avant midi. Je fis de mon mieux pour l'occuper. Après quoi, deux étudiantes qui achevaient leur stage à DireXon nous invitèrent à déjeuner.

La date leur permettait d'être frivoles. Elles nous montrèrent chacune les messages que leur adressait leur petit ami. Des photos, des cœurs, des mots allusifs et tendres, qui les faisaient glousser. Rebecca se laissa gagner par leur bonne humeur.

— Moi aussi, lança-t-elle sur un ton de défi, j'ai reçu un mot ce matin. « Je suis revenu ».

Les yeux des deux filles brillèrent de curiosité.

— C'est classe, dit l'une.

— On devine tout de suite la grande histoire d'amour, ajouta l'autre.

Rebecca, bonne joueuse, les laissa rêver. Nous étions face à face. Son visage n'était pas sombre. Plutôt songeur. Je devinais ce qui se passait dans son esprit. Elle était passée d'une histoire à l'autre. Ce n'était pas à son agresseur qu'elle songeait mais à Cédric.

Quelques jours plus tard, elle m'avoua qu'elle l'avait rappelé le soir même. Par amour. Par nostalgie. Pour tenter d'effacer un malentendu. Peut-être aussi pour conjurer la peur de l'autre. Mais il s'était montré glacial au téléphone, et lui avait fait remarquer que, pour reprendre contact après ce qui s'était passé entre eux, le 14 février n'était pas la bonne date.

Il y a plusieurs manières de mettre la main sur une femme.

La plus banale consiste à la séduire. Avec Rebecca, j'ai immédiatement renoncé : cette voie-là semblait sans issue.

L'obséder, l'isoler, la rendre folle est un procédé moins courant. Il était bien dans ma manière. Cependant, il m'arrive d'être pris d'un doute : n'est-ce pas elle qui me l'a suggéré ? Car c'était la seule stratégie possible. Ou, du moins, la plus efficace.

Après un message comme « Je suis revenu », je me réinstalle d'un coup au cœur de ses nuits.

Est-elle retournée chez les gendarmes pour charger le malheureux Cédric ? Il n'y a aucune raison de l'exclure. Mais je la crois plus fine.

À supposer qu'elle l'ait vraiment cru coupable, elle doit commencer à se douter qu'il y a une vipère dans l'herbe.

Dans la semaine, comme je faisais des courses à Annecy-le-Vieux, je reconnus la silhouette de Damien, le gendarme. Je m'approchai pour lui dire un mot du message tracé sur le pare-brise de Rebecca. Il fronça les sourcils. Quand je lui demandai si le dossier était clos, il s'en tira par une pirouette en m'assurant « qu'il n'était pas près d'oublier Mlle Meyrowitz », ce qui pouvait s'entendre sur un plan tant professionnel que personnel. Impossible de savoir s'il parlait sérieusement. Une fois de plus, je me sentais seule à la manœuvre. Je ne dis rien de cet échange à mon amie.

Je ne cours aucun risque en m'attachant aux pas de Rebecca. Même quand on devient intrusif, il existe des moyens infaillibles de déjouer la surveillance des enquêteurs.

L'un d'eux consiste à créer une diversion. À les envoyer sur une fausse piste. C'est ce que j'ai fait en les détournant vers Cédric Pionnet.

Un autre est de prendre son temps.

La plupart des voyous se croient lancés dans une course-poursuite. Ils s'imaginent qu'ils échapperont aux forces de l'ordre en appuyant sur l'accélérateur. C'est exactement l'inverse qu'il faut faire : décourager l'ennemi par la lenteur. Se manifester avec une extrême parcimonie. Attendre. Laisser reposer sa proie pendant plusieurs mois. Attendre encore.

Les plus fins limiers s'exaspèrent. Les moins avisés concluent que l'affaire est classée, ou même qu'il ne s'est rien passé. Encore une fille qui se fait un film. Elles sont si nombreuses à croire qu'on les suit.

Et puis, Rebecca a déjà obtenu l'arrestation d'un homme. Ça suffit peut-être.

La principale règle est d'agir seul, sans complice et sans témoin. Il faut ne rien demander. Ne rien espérer. Et laisser tomber de temps à autre, dans le silence, une goutte d'eau dont le bruit délicat fait frémir la mignonne au-delà du raisonnable.

Le 15 février, mes yeux sont tombés sur un de ces articles qui délient les langues autour des comptoirs. Non loin de chez Rebecca, dans un lotissement paisible, dont le nom était plus mou que de la mie de pain trempée dans un bol de soupe, une fille avait été agressée.

Vers onze heures du matin, sa femme de ménage l'avait trouvée attachée sur son lit, où elle semblait avoir passé des heures fort désagréables. Combien de temps la malheureuse avait-elle souffert ainsi ? Difficile à dire. Seule certitude : elle avait perdu beaucoup de sang.

Les secours, appelés en urgence, avaient mis du temps à arriver. La fille était morte dans l'ambulance, probablement des suites d'un traumatisme crânien.

Sa porte n'avait pas été forcée. On pouvait donc formuler deux hypothèses. Soit l'assassin faisait partie de ses proches et elle n'avait pas hésité à lui ouvrir sa porte. Soit il l'avait repérée dans la rue, suivie jusque chez elle et bousculée au moment où elle glissait la clef dans la serrure. Rien que de terriblement banal.

Elle était nue quand on l'avait retrouvée. Sur son ventre, des brûlures de cigarettes dessinaient une sorte de R. Fallait-il y voir un sens religieux ou ésotérique ? Un message politique ?

Faute de disposer d'une véritable piste, les gendarmes avaient interrogé aussitôt une bonne dizaine de fous et de maniaques déjà connus pour leurs états de service.

En pure perte.

Compte tenu de la pression médiatique, le procureur se fendit d'un communiqué. Une unité d'élite était mobilisée. Des suspects avaient déjà été auditionnés. L'enquête avançait.

Tu parles.

Toute la semaine, on fouilla dans le passé de la victime. On découvrit qu'elle avait passé récemment des vacances à l'île de Ré et travaillé pendant des années chez Toys « R » Us.

Mais il y a tant de mots dans notre langue, qui commencent par un R.

Rancune.

Raffinement.

Retrouvailles.

Ma mère continuait de m'adresser des articles. Je montrai l'un d'eux à Rebecca, peut-être parce que – pour une fois – sa conclusion n'était pas tragique. Il relatait l'étrange histoire d'un collectionneur de poignards, de vidéos et de clichés sanglants, qui vivait non loin de Bourg-en-Bresse.

Au quotidien, cet homme était poli avec les femmes. Une de ses voisines était âgée. Chaque fois qu'il la voyait rentrer du marché, il lui proposait de porter son panier. À l'occasion, il faisait chez elle un peu de bricolage. Après quoi, il la saluait aimablement, rentrait chez lui et s'enfermait à double tour. Là, il retournait tranquillement à son délire : chaque soir, il collait dans un album à la couverture en peau de serpent des photos de vierges scalpées, à la peau brûlée, à la gorge scarifiée.

Saisis d'une banale affaire de cambriolage, des gendarmes lui firent ouvrir la porte de son garage. Ils y trouvèrent une impressionnante collection d'armes blanches.

On ne pouvait que se demander si cet arsenal n'avait pas été constitué en vue de commettre un acte terroriste.

L'enquête prit une dimension nationale. Des photographes se massèrent devant la demeure du suspect. On crut avoir identifié l'ennemi public numéro 1.

Le soufflé retomba aussitôt : l'homme était un solitaire, ne nourrissant aucun projet concret. C'était ce qu'on pourrait appeler un dur rêveur.

Quand il n'était pas sur Internet en train de rechercher dagues, stylets ou navajas, il arrosait ses plantes sur son balcon et caressait son chat. Puis il s'asseyait devant la télévision pour regarder des dessins animés. Son préféré était Les 101 Dalmatiens.

L'article amusa Rebecca. Elle le prit en main et le relut en silence. Je voyais qu'elle réfléchissait. Puis je l'entendis formuler la conclusion qui s'imposait : peut-être son bourreau appartenait-il, lui aussi, à la race étrange des sadiques inoffensifs.

Cette hypothèse la réconforta. Les jours suivants, je la trouvai plus énergique.

Elle allait mieux.

Il y a eu un mort dans une des rues que Rebecca emprunte tous les matins. On voit sur place des types en uniforme. La circulation est déviée. Elle a dû faire un détour pour aller travailler.

Je n'y suis pour rien, bien entendu. Il s'agit d'un banal accident de circulation. Mais je devine qu'en apercevant, recouvert d'un drap, le corps allongé sur une civière, elle a forcément pensé que son soupirant avait encore frappé.

Normal.

On ne prête qu'aux riches.

De temps à autre, je repense à notre première rencontre. Au moment décisif où, dans la pénombre du Nausicaa, mon regard s'est posé pour la première fois sur Rebecca. Ce soir-là, elle n'avait rien d'une victime.

J'ai souvent observé des filles malingres, furtives, dont la chair en souffrance semble appeler le couteau comme une délivrance. De pauvres êtres dont un assassin ne fera que réaliser le destin.

Rebecca n'appartenait pas à cette espèce.

Elle avait à la fois de la grâce et de l'aplomb. Elle n'était faite ni pour souffrir ni pour gémir ni pour pleurer. Ce qui me confirme que je suis le seul à avoir choisi ce qu'elle allait devenir. À cet égard, j'ai réussi sur toute la ligne : je suis l'unique auteur de Rebecca.

Beau succès.

Je pourrais m'en tenir là, bien sûr.

Mais ce serait manquer d'ambition.

Aujourd'hui, j'entrevois le moyen d'aller beaucoup plus loin. De transformer ma créature en héroïne. Car il suffit d'une mort exemplaire pour qu'une banale histoire de harcèlement quitte la rubrique des faits divers pour s'afficher à la une des journaux.

Une fille martyrisée, du sang sur les draps. Trois fois rien. Et soudain, l'opinion se passionne. Elle réclame un récit circonstancié. Exige des précisions. Se jette sur les photos. La victime devient emblématique. Son prénom vole de lèvres en lèvres. Avec un peu de chance, un producteur en fera le titre d'un film à succès.

Rebecca n'en est pas loin. Cette fille a un énorme potentiel. Mais pour le révéler, il faut que je passe à la vitesse supérieure. Que j'invente quelque chose.

Une traque. Puis le sac minutieux de son appartement. Et pour finir un crime sordide. Peut-être agrémenté d'une fantaisie sexuelle inédite, que j'accomplirai minutieusement sur son corps supplicié.

Je vais y réfléchir.

Tranquillement.

Pas question cependant de minimiser les difficultés. Ce n'est pas que je manque d'imagination, mais il faut être sûr d'éviter les faux pas. D'accomplir le bon geste au bon moment. Et de placer les enquêteurs devant une énigme insoluble. Tout le monde hélas n'est pas Jack l'Éventreur.

Rebecca avait le charme des intuitifs et leur caractère versatile ; je me jugeais plus opiniâtre. L'hypothèse selon laquelle son bourreau ne serait qu'un inhibé inoffensif méritait d'être confirmée. Je décidai de me plonger dans des ouvrages documentés. Pourquoi pas ? Je venais de commencer un régime. Les lectures remplaceraient opportunément les bons repas.

Je me suis donc intéressée à la vie des pervers, qui m'était jusque-là inconnue. On devient rapidement incollable sur ces mauvais sujets.

Le rayon « littérature policière » des librairies et des bibliothèques n'eut bientôt plus de secret pour moi. J'y croisais des lecteurs que je jugeais intrépides : des hommes et des femmes qui fréquentaient quotidiennement, grâce aux meilleurs auteurs, Landru et le docteur Petiot. Et que des histoires de vierges dépecées aidaient chaque soir à trouver le sommeil.

Comme les yeux s'habituent à la pénombre, ils s'étaient accoutumés à voir clair dans la noirceur des âmes. Ils y avaient sans doute leurs repères. J'aurais aimé les aborder. Je le fis quelquefois, mais les phrases que je parvins à échanger avec eux se limitèrent à des conseils de lecture. Comment aurais-je osé aller plus loin ?

Je consultai également les sites dédiés aux amateurs de polars. Je me créai un profil : « Rose rouge ». Un internaute dont le pseudonyme était « Sang frais » m'adressa aussitôt un message :

— Aimerais-tu être pénétrée par une arme ?

Cette apostrophe ne m'étonna même pas. Je m'étais préparée au pire.

J'étais presque fière de moi : c'était la première fois que j'étais en contact avec un individu de ce type.

Pas question de le laisser s'échapper.

Je bricolai hâtivement une réponse. Hélas, celle-ci ne l'atteignit jamais. « Sang frais » s'était déjà déconnecté.

C'est vers la fin février que je me penche sur les annales du crime. Je lis. Relis. Consulte. Potasse. Je ne demande pas à Rebecca d'être reconnaissante ; cependant, elle ne pourra pas me reprocher de ne pas m'être préoccupé de sa renommée.

Les histoires qui traînent dans les livres se ressemblent beaucoup. À quelques cruautés près, on y retrouve les mêmes ingrédients. Du sang. De la peur. Des flics complètement dépassés. Des journalistes qui se piquent au jeu. Jusqu'au jour où, consciemment ou non, ils finissent par déclencher une psychose collective.

Peu d'assassins sont assez vifs pour tenir pendant des mois la police en haleine. Mais, quand c'est le cas, ils deviennent des stars. L'opinion reconnaît en eux la démesure des artistes. Ce qui explique que le fourneau de Landru mis aux enchères ait été vendu au prix d'une toile de maître.

L'équation de la gloire tient souvent à peu de chose : il faut accomplir plusieurs fois le même crime. Récidiver. Recommencer. Narguer d'un même geste répétitif l'opinion, les médias et les forces de l'ordre.

C'est la série, qui rend le tueur intéressant et qui transforme sa victime en personnage.

D'où cette une idée qui m'apparaît soudain comme une évidence. Il faut trouver une autre, voire plusieurs autres Rebecca.

Créer une couronne dont elle sera le joyau.

Faire d'elle la Rebecca ultime dont toutes les comparses assassinées ne sont que des préfigurations malchanceuses. Je respire profondément. Il me semble entendre au loin les premières notes de la *Marche nuptiale* de Mendelssohn.

Allons-nous devenir, elle et moi, un couple mythique ? Peut-être bien. En tout cas, j'ai enfin trouvé un rôle à ma mesure. Sur mes épaules flotte le manteau pourpre de Barbe Bleue.

Que fait l'aimée à cet instant ? Peut-être est-elle en train de s'ennuyer au bureau, le nez face à l'écran de son ordinateur. Allons, ma belle, secoue-toi ! La gloire t'attend. Tu verras que tu finiras par y prendre goût.

Pour préparer ton avènement, je vais devenir un vrai serial killer. Un tueur de Rebecca.

À ce jeu-là, chacun de nous aura sa récompense. Tu auras la fierté de voir ton prénom s'afficher sur la couverture des journaux. Moi, chaque fois que je supprimerai une de tes homonymes, je sentirai ton cœur fondre de terreur.

Où donc était passé « Sang frais » ? Ce correspondant virtuel avait piqué ma curiosité. Je le cherchai sur d'autres sites dédiés à la littérature policière, et que je devinais fréquentés par une proportion à peu près égale de lecteurs avisés et de maniaques.

Pour multiplier mes chances de le retrouver, je veillais à me connecter toujours à la même heure, celle à laquelle je l'avais rencontré, et conservais mon pseudonyme – « Rose rouge ». Plusieurs personnes me contactèrent. Je poursuivis de longues conversations nocturnes avec des êtres sans corps et sans âge.

Tandis que je répondais à leurs messages, je me représentais leurs mains sur le clavier. De fines articulations de musiciens. Une peau transparente irriguée de veines violettes. Ou, tout au contraire, les phalanges gonflées d'un très vieil homme. Des tavelures. Des ongles rongés.

La silhouette de mes correspondants demeurait invisible, ainsi que leurs traits. Mais je voyais distinctement leurs doigts – d'artiste ou d'étrangleur – tapotant sur les touches où ils produisaient un cliquetis aussi régulier, aussi rassurant que le battement d'un cœur.

J'aimais ces rendez-vous du soir. Je m'attachais à ces rêveurs tantôt tristes tantôt voraces. J'entrais dans leur chimère. Il m'arrivait de la partager et d'éprouver à leurs côtés la tentation d'aller plus loin.

Sur l'ordinateur, j'ai tapé son prénom suivi du code postal d'Annecy. Plusieurs Rebecca sont apparues. Nom de famille. Adresse. Photo, dans certains cas.

La première dont le visage s'est éclairé sur mon écran était masseuse. Thaïlandaises ou non, ces filles-là travaillent aussi en Haute-Savoie. Carré parfait. Courte frange. Sourire faussement ingénu. Je pourrais commencer par elle. Histoire de lancer une fusée, à titre d'avertissement.

Ça paraît simple. Je pousserai la porte du salon de relaxation sans avoir pris le moindre rendez-vous. Il me suffira de présenter quelques billets pour m'isoler avec la future victime, qui disparaîtra comme elle a vécu : dans les mains d'un inconnu.

Le meurtre d'une prostituée frappe l'imagination. Il fait parler tout le monde : les curieux et les raisonnables, ceux qui vont aux putes et ceux qui n'y vont pas. Il intrigue même les bourgeoises. Seulement, pour un assassin, c'est le plat du pauvre. La solution de facilité. On plonge dans les bas-fonds, on frôle le sordide.

Masseuse. Est-ce réellement cette émule que je veux donner à Rebecca ?

Une autre homonyme tient un salon de coiffure tout près de DireXon. Pourquoi ne pas y tenter ma chance ? Quelques coups de couteau et son corps s'effondrera dans l'odeur sucrée des shampoings, tandis qu'une flaque rouge s'étendra lentement sur le sol.

Pas question cependant de me faire offrir une coupe gratuite. Je devrai agir aussitôt après avoir franchi la porte, si je veux éviter que les gendarmes ne remontent jusqu'à moi. Depuis que les savants font parler notre ADN, une mèche de cheveux est aussi bavarde qu'une carte d'identité.

Une autre Rebecca habite dans le centre-ville. J'ai trouvé son nom dans l'annuaire et composé son numéro par curiosité. Une voix de crécelle m'a répondu, curieusement aiguë, presque stridente. Celle d'une très vieille femme.

Hypothèse à écarter. Rebecca placerait spontanément à distance cette homonyme hors d'âge qui lui ressemble si peu.

Et puis, devenir un tueur de vieilles ? Très peu pour moi. Seule la chair fraîche est stimulante. La chambre du crime doit ressembler à une alcôve.

Je me suis prise au jeu, devenant de soir en soir cette « Rose rouge » que les internautes rêvaient d'effeuiller ou de piétiner. En mode virtuel, je me laissais dévêtir par eux. Caresser. Maltraiter. Je gardais la tête froide en assistant à ce saccage.

Quand l'une de ces silhouettes invisibles me demandait à quoi je ressemblais, je répondais.

Mince. Châtain. Les yeux noirs.

Je décrivais Rebecca.

Quand l'Ogre était affamé, ces indications ne constituaient qu'un prélude. Mon interlocuteur me relançait. J'allais plus loin. Je parlais du corps de Rebecca. Qui devenait le mien.

De sa sexualité. Qui était la mienne.

On exigeait une photo. J'en possédais plusieurs de mon amie. L'une d'elles montrait sa silhouette à contre-jour. Une autre, son profil. Sur une troisième, on voyait plus nettement son décolleté.

Je les envoyais toutes. Je l'aurais fait même si elles l'avaient montrée nue.

Peu m'importait que ces clichés risquent d'attirer des maniaques. Tous les procédés étaient bons s'ils me permettaient de protéger Rebecca. C'est dans son intérêt que je cherchais à identifier son agresseur. C'était pour elle que je rejoignais tous les soirs cette armée d'ombres.

Choisir une victime n'est pas très facile. Il faut se montrer sélectif. Je dois me constituer un vivier de jeunes et jolies Rebecca. Allurées, indifférentes, hautaines. Un rien pimbêches. Des filles qui lui ressembleraient. Dont elle pourrait même – qui sait ? – être jalouse. Ces orchidées-là ne courent pas les rues.

J'étais allé faire un tour dans son ancien quartier et je marchais, le nez dans mes idées, quand j'ai buté sur des touristes qui sortaient d'un hôtel.

Un garçon a appelé joyeusement :

— Rebecca !

J'ai sursauté.

Une rouquine aux joues roses s'est retournée en souriant. Son insouciance faisait plaisir à voir. J'ai murmuré « Bonne pioche », et je leur ai emboîté le pas.

Ils se sont assis à une terrasse qui bordait le canal. On était début mars. Le temps se réchauffait. Je les ai vus orienter leurs chaises vers le soleil, tandis que je me postais à l'intérieur du café. Je ne ressentais aucune impatience. Au contraire. Ce jour-là, j'avais beaucoup de temps devant moi.

Celle que le sort m'avait désignée est descendue aux toilettes. J'ai laissé passer deux minutes. Cent vingt secondes exactement chronométrées. Puis j'ai emprunté l'escalier à mon tour.

Au moment où je l'ai rejointe, elle était face au miroir. Elle sortait une brosse à cheveux de son sac pour se recoiffer. Une corde de guitare, que j'avais glissée deux jours plus tôt dans ma poche, a fait l'affaire. Je l'ai passée autour de son cou et j'ai serré. La fille a-t-elle seulement compris ce qui lui arrivait ? Son corps s'est affaissé presque aussitôt.

Quand, le cœur léger, j'ai remonté l'escalier, je n'ai croisé personne. Une chance. Mais je n'étais nullement inquiet. Il y a des jours où la vie vous sourit. Je suis sorti sans un regard pour les jeunes touristes qui attendaient leur amie. Au bout de combien de temps se sont-ils inquiétés de son absence ? Peut-être cinq minutes. Ou plus.

Il n'est pas désagréable de laisser derrière soi une bombe à retardement.

Un homme marchait paisiblement dans la rue. Il venait d'assassiner sa première Rebecca. Je ne parierais pas qu'il s'agissait de son premier crime, mais c'était le plus insolite et le plus polisson qui soit. Une blague de collégien. Une facétie de potache.

L'inconnue était morte par hasard. Les enquêteurs qui se pencheraient sur son cas se perdraient probablement dans un réseau d'hypothèses. Car la recherche du mobile est leur obsession, et celui-ci était encore indiscernable.

Un meurtre par homonymie. Qui y penserait ?

Ils allaient patauger un bon moment avant de comprendre ce dont il retournait. Et puis, un jour, probablement dans très longtemps, la vérité s'imposerait.

À ce moment-là, ils se frapperaient le front en se trouvant stupides de ne pas y avoir pensé plus tôt.

Le lendemain, les gazettes n'étaient pas très bavardes. Si la nouvelle figurait en première page du *Dauphiné*, elle n'occupait qu'un entrefilet :

« Annecy. Une touriste irlandaise a été étranglée hier soir dans le sous-sol d'un café. La jeune femme était arrivée quelques heures plus tôt dans la ville, où elle avait prévu de passer la nuit. Après quoi, elle s'apprêtait à faire une excursion en montagne. Pour l'instant, les enquêteurs n'écartent aucune hypothèse. »

On ne pouvait guère en dire davantage. Cependant, il allait de soi qu'un attentat aurait été bien mieux couvert. Décidément, les journalistes ne sont impressionnés que par la quantité.

J'avais espéré les voir mettre en exergue le prénom de la victime, qui, en l'espèce, était loin d'être anecdotique. Leur balourdise m'a désolé.

Quant aux policiers, ils devaient être en train d'interroger les amis de cette infortunée Rebecca, de reconstituer l'emploi du temps de sa dernière semaine et d'examiner à la loupe les mouvements de son compte en banque.

On pouvait leur souhaiter bien du courage et surtout beaucoup de patience, car tout cela allait leur demander un temps fou. Mais je n'envisageais pas encore de les mettre sur la voie.

Au fil de mes lectures, j'appris la différence entre un tueur en série et un tueur de masse.

Le premier multiplie les assassinats individuels, de manière parfois sophistiquée, entreprenant, au péril de sa vie, une partie de cache-cache avec la police.

Le second, le mass killer, frappe la foule à l'aveuglette. Pour tuer le plus de gens possible au cours d'un seul événement, il n'hésite pas à s'exposer. Quand il est arrêté – le plus souvent sur-le-champ –, il n'oppose aucune résistance aux forces de l'ordre.

Les criminels de guerre ou les tueurs à gages constituent une caste à part, puisqu'on ne les range ni dans la première ni dans la seconde catégorie.

Je découvris enfin qu'il n'existe généralement aucun lien entre un tueur en série et ses victimes, alors que le harcèlement obéit à une logique inverse, qui relève de l'obsession.

Tout cela méritait bien sûr d'être noté. En somme, j'étais devenue plus savante, mais, pour l'heure, je ne distinguais encore aucune piste. Une seule conclusion s'imposait : l'ennemi de Rebecca n'appartenait pas à la race des serial killers. C'était peu de chose. Mais, à tout prendre, la nouvelle était plutôt rassurante.

Ma mâchoire s'est décrochée quelques jours plus tard, quand je suis tombé sur une brève : « Le corps de Jessica Langroove, assassinée à Annecy vendredi dernier, vient d'être restitué à sa famille. »

Jessica ? Sur le moment, j'ai failli pousser un cri.

Je me suis frotté les yeux. J'ai relu trois fois la même ligne.

Jessica ?

S'agissait-il d'une coquille ? D'une bévue du journaliste ? Ou avais-je moi-même commis une erreur ? J'étais pourtant sûr de mon fait : j'avais encore dans l'oreille la voix du garçon qui avait si distinctement prononcé devant moi le prénom éclatant de Rebecca.

Avais-je été abusé par son accent ?

L'avait-il appelée ainsi pour la taquiner ?

La jeune fille s'était retournée en riant. Peut-être avait-elle effectivement réagi à une plaisanterie. Ou répondu par jeu, alors que son ami en appelait une autre ?

Par une agaçante ironie du sort, le nom de Jessica Langroove fut soudain repris par la presse, qui publia le portrait de la jeune Irlandaise assassinée. Jessica par-ci, Jessica par-là. Dans ces conditions, comment Rebecca aurait-elle pu entendre l'appel que je lui avais lancé ?

J'avais commis mon premier crime à la seule fin de me rapprocher d'elle. De lui envoyer un signal. De manifester ma présence.

Hélas, pour m'ignorer, l'aimée n'avait même pas besoin de détourner le regard ou de se boucher les oreilles. Elle ne pouvait de fait ni me voir ni m'entendre. Un obstacle s'interposait toujours entre elle et moi.

Huit jours plus tard, nouveau rebondissement. Un journal sur lequel j'étais tombé par hasard annonçait les obsèques de Jessica Langroove, « dite Rebecca ».

Un prénom usuel, différent du prénom administratif.

Telle était la clé de l'énigme.

En attendant, tout était à refaire.

Il fallait trouver une autre comparse à Rebecca.

Prendre le risque d'un nouvel assassinat.

Avec elle, rien ne peut se faire du premier coup. On doit toujours y revenir plusieurs fois.

Après le meurtre que j'avais commis en plein Annecy, je suis monté quelques jours à Paris. Il s'agissait de brouiller les pistes. En outre, j'ambitionnais de donner à l'aimée un destin national.

J'étais organisé. À présent, quand je partais en maraude, attendant que le Ciel désigne une nouvelle victime, j'emportais un couteau dans ma poche. Un schlass, un surin, un eustache. Un copain.

Je l'avais sur moi quand, entrant par hasard dans une grande parfumerie du quartier des Halles ouverte en soirée, je me suis trouvé face à une hôtesse rayonnante. Coiffure parfaite, lèvres carmin, dents admirables. Ultime atout : sur son buste engageant, elle portait un badge sur lequel apparaissait, soigneusement calligraphié, mon prénom préféré.

Un regard, un sourire, une phrase prononcée d'une voix malicieuse. Entre nous, l'accord a été immédiat. J'ai tout de suite compris que nous étions faits pour nous entendre.

Cependant, pour plus de sûreté – car cette fois, je n'avais plus le droit de me tromper –, j'ai murmuré :

— Vous vous appelez Rebecca ?

— Comme vous voyez, a-t-elle répondu avec une moue délicieuse.

Elle devait avoir l'habitude des questions stupides.

— Que puis-je pour vous ?

J'ai balbutié le nom d'une eau de toilette. Elle m'a orienté vers une vendeuse.

Quand je me suis dirigé vers les rayons, j'ai senti un picotement sur ma nuque. Il ne faisait aucun doute qu'elle me suivait des yeux.

J'ai acheté n'importe quoi.

Puis j'ai tournicoté dans le quartier.

J'épiais. J'attendais.

Elle a quitté son comptoir vers vingt-trois heures. Faire des nocturnes, quelle imprudence… Tous les médecins du travail le déconseillent.

Cinq minutes plus tard, elle était sur le quai du RER. Je me tenais discrètement à distance. J'avais eu le temps d'acheter des gants et de modifier ma silhouette. Il faut toujours se méfier des caméras de surveillance.

Quand, parvenue à sa station, elle est ressortie à l'air libre, elle n'a pas eu l'idée de se retourner. Les rues sont désertes en banlieue à cette heure-là.

Pendant qu'elle avançait, j'écoutais l'écho de son gentil trottinement. Moi, mes chaussures sont silencieuses. À aucun moment elle n'a deviné qu'elle était suivie.

Les promenades les plus agréables ont une fin. J'ai hâté le pas. Je l'ai attrapée par le cou. Lorsqu'elle s'est retournée, je l'ai plaquée contre une porte et je lui ai tranché la gorge. Tout cela a pris moins de vingt secondes.

« Elle n'a pas souffert. » C'est la phrase toute faite que prononce l'infirmière, avant de regarder sa fiche, quand quelqu'un qui vient de perdre un proche se présente à l'hôpital.

J'aurais pu dire la même chose au sujet de ma seconde victime. « Elle n'a pas souffert. »

Pas beaucoup.

Ou pas tant que ça.

En tout cas, pas longtemps.

L'essentiel est qu'elle n'ait pas crié.

La jeune morte avait un éclat envoûtant. J'aurais pu m'attarder à la regarder, tant elle était belle. Mais le temps presse quand on doit s'évanouir dans la nuit.

Je suis reparti à pas de loup laissant ma douce brebis égorgée sur le bitume. À regret. Cette Rebecca m'était terriblement sympathique.

Sur un des sites que je consultais fréquemment, je tombai sur une étude qui me passionna. Il en ressortait que les auteurs de missives anonymes, savamment nommés anonymographes, se caractérisent par un bon niveau d'études, un niveau de rémunération élevé et une reconnaissance sociale satisfaisante. Hélas, ces facteurs ne les prémunissent pas contre la frustration.

Les psychologues expliquent par une dissociation du moi la prédilection de ces épistoliers pour les tournures ordurières, ainsi que pour les images dégradantes et sordides, qu'ils n'utilisent pas dans la vie ordinaire.

Si l'agresseur de Rebecca n'était pas un corbeau, il s'était au moins deux fois manifesté par écrit. Peut-être approchions-nous du but.

Je lus l'histoire d'un homme condamné pour avoir envoyé à son entourage des lettres pleines d'insultes que l'on n'avait jamais entendues dans sa bouche. Et celle d'une vieille demoiselle, qui imputait à ses voisins des viols imaginaires. Elle décrivait des scènes orgiaques avec une étonnante précision, alors même que sa vie quotidienne était irréprochable.

En somme, l'imaginaire était partout. Les fantasmes étaient insondables. Mais les spécialistes s'accordaient sur un point : l'homme qui menace est rarement celui qui tue.

Les êtres qui passent à l'acte sont des dominateurs, des impulsifs. Ce n'était évidemment pas à cette espèce qu'appartenait l'inépuisable ennemi de Rebecca.

Je le savais. Tout le monde le sait. Et pourtant, ce sont des détails qui vous sortent de la tête. Pendant leurs heures de travail, la plupart des hôtesses ou des vendeuses s'emparent d'un nom d'emprunt, surtout quand le leur a une consonance étrangère. Dans l'enceinte du magasin, elles s'appellent Claire, Marion, Sandra. Les genreuses ou les raffinées se rebaptisent Barbara ou Jennifer.

Ma victime faisait partie du lot. Quand j'ai appris son vrai nom par le journal, je n'ai pas pu m'empêcher de rigoler.

Rebecca était évidemment un pseudonyme. Bien fait pour moi. J'aurais dû me méfier. J'avais occis une Schéhérazade, ce qui me semblait *a posteriori* particulièrement ironique.

Si je lui avais laissé le temps de parler, je suis certain qu'elle serait parvenue à m'attendrir et que je l'aurais épargnée pour entendre la fin de son histoire – ce qui aurait été extrêmement imprudent.

Quoi qu'il en soit, le sort en avait décidé autrement. À Schéhérazade muette, sultan intraitable. Telle était la morale de ce conte pour adultes.

Mon aimée s'est-elle jamais souciée d'un assassinat dont la presse n'a quasiment pas parlé et que les policiers ont immédiatement mis sur le compte de la violence des banlieues ?

J'imagine que non.

À cette époque, peut-être s'imaginait-elle que j'avais décidé de me détacher d'elle. Quelle erreur. C'était exactement l'inverse. Mais comment aurait-elle pu le deviner ?

Tandis que je m'enfonçais dans le crime en ressentant vaguement l'impression de me rapprocher de moi-même, je n'avançais pas d'un centimètre dans sa direction.

J'en vins à me convaincre non que l'agresseur de Rebecca finirait par se lasser – sa patience semblait inusable –, mais du moins qu'il ne ferait jamais grand mal à mon amie.

Pendant plus d'un an, ses inventions nous avaient glacées. Mais précisément : c'étaient ses idées qui étaient terrifiantes, et les images qu'elles faisaient venir à l'esprit. Chaque fois, nous entrions dans un cauchemar. Nous visualisions une scène atroce, qui demeurait purement irréelle.

Toutes les études semblaient le confirmer : ceux qui terrorisent les femmes sont en fait effrayés par elles. Il leur arrive de menacer pendant des années des filles dont ils ne s'approcheront jamais.

Quelle que soit la menace qui pesait sur Rebecca, celle-ci avait peut-être vocation à demeurer virtuelle. S'il fallait dissocier la crainte et le danger, mon amie, qu'un inconnu se faisait gloire de terroriser, ne courait aucun risque.

Commença pour moi une période étrange. Le monde, je ne sais pourquoi, me semblait détraqué. J'étais en proie à une nervosité à laquelle la peur du gendarme n'avait aucune part. Pas plus d'ailleurs que le remords.

Certes, j'avais supprimé deux filles en moins de dix jours, mais c'était autre chose qui me tourmentait. J'étais pris dans un engrenage qui faisait passer Rebecca au second plan. C'est à peine si je suivais encore ses allées et venues. D'ailleurs, pour commettre mon second crime, je m'étais éloigné. Et j'avais découvert à cette occasion qu'elle me manquait.

Pendant des mois, je m'étais bercé de l'idée que je la tenais à ma merci. Peut-être était-ce l'inverse, en fait. C'était elle qui régnait sur moi. Une fois pour toutes, elle s'était installée dans la lumière, ignorant celui qui, dans l'ombre, n'avait jamais cessé de la regarder.

J'avais terriblement besoin d'exister à nouveau pour elle. Je devinais qu'elle risquait de m'échapper.

Chaque soir, je me couchais abruti de fatigue et me levais avant l'aube pour marcher dans la ville ou sa périphérie, la tête vide, sans savoir à quoi ressemblerait la journée. J'attendais un signe du destin.

Un matin comme un autre, où rien ne semblait se dessiner encore, une voix m'a tiré de mon brouillard.

— À tout à l'heure, Rebecca !

Le jeune homme ouvrait ses volets.

La fille a sautillé sur place avant de s'élancer. Legging vert pomme, justaucorps rose, casquette blanche. J'ai admiré cette silhouette futuriste dans le demi-jour grisâtre.

Le quartier était désert. J'ai suivi des yeux l'innocente qui s'éloignait à petites foulées. Elle a disparu au premier coin de rue.

J'ai continué d'avancer. Lentement. À mon rythme. Le matin, les grandes enjambées ne sont pas mon affaire. Elle avait envie de courir. Pas moi.

Dans ces conditions, je ne m'attendais pas à la retrouver trois pâtés de maisons plus loin, pliée en deux. C'est pourtant ce qui est arrivé. Elle avait un point de côté. C'est fréquent, quand on n'est pas bien entraîné.

J'ai ralenti en arrivant à sa hauteur. Je lui ai adressé la parole. Genre prévenant. Nous avons échangé quelques phrases sur la course à pied. Vu mon gabarit, elle devait pourtant se douter qu'elle n'avait pas affaire à un grand sportif.

Pour reprendre haleine, elle s'est appuyée contre une porte qui, sous son poids, s'est entrebâillée. Celle d'un local où étaient entreposés des produits d'entretien. La coureuse a perdu l'équilibre.

Le hasard a de jolies attentions. Si je voulais agir, il fallait faire vite. Je n'avais aucune arme sous la main, mais j'avais lu récemment dans un ouvrage que la mort par étouffement peut être extrêmement rapide. Cela méritait d'être vérifié. L'effet de surprise a joué parfaitement. J'ai mis la main sur sa bouche et fermé ses narines. L'auteur du livre avait raison : on ne tient pas très longtemps sans respirer.

La Rebecca au legging vert pomme et au justaucorps rose est morte en deux spasmes, les yeux révulsés, dans une odeur de désinfectant, en méditant probablement sur les inconvénients des points de côté. La plupart sont bénins. D'autres, mortels.

L'événement a fait la une des journaux qui ont titré : « Mort d'une joggeuse ». C'est sous ce sobriquet que la troisième Rebecca est entrée dans l'éternité, ses chaussures de course aux pieds et sa casquette sur la tête, comme si son ombre était condamnée à courir éternellement sans but.

Qui était-elle et que faisait-elle dans la vie ? On ne l'a jamais su. Cette fille n'a pas intéressé grand monde. Il faut croire qu'elle n'avait rien de remarquable.

Sur les circonstances de sa mort, en revanche, la presse a été intarissable. Le meurtre d'une joggeuse, un matin de semaine, dans la banlieue d'Annecy, était une véritable aubaine. Ce genre de nouvelles suffit à doper les ventes pendant quinze jours.

Au cours des semaines qui suivirent, je vis mon amie s'animer d'une énergie nouvelle. Si elle luttait à présent, ce n'était plus contre son agresseur, que, par mes arguments, je réduisais chaque jour à néant, mais contre elle-même : contre sa faiblesse, sa soumission, son défaitisme.

Avant de me connaître, Rebecca n'avait jamais dû livrer aucun combat. Ce que j'appelais son excellence – et d'autres, ses facilités – avait toujours parlé en sa faveur. Ses adversaires, si elle en avait, finissaient tôt ou tard par s'incliner.

Je la persuadai que, face à son ennemi, il fallait faire front. Démontrer par son attitude qu'elle n'aurait plus jamais peur. Je la transformai en guerrière. Parvins à endurcir son caractère. Quelle victoire quand je la voyais remonter ses cheveux en arrière et relever le front !

Après avoir repris courage, elle sentait chaque jour ses forces grandir. Si son ennemi la voyait – or je ne doutais pas qu'il fût parmi nous –, sans doute devinait-il qu'il était en train de perdre la partie.

Au moment où des Rebecca disparaissaient dans un quasi-anonymat, la mienne, la vraie, s'était évanouie. Pendant plus d'une semaine, j'avais guetté ses fenêtres sans l'apercevoir.

Avoir tué pour me rapprocher d'elle me procurait une certaine fierté. Chacun sait qu'il n'y a pas d'amour. Il n'y a que des preuves d'amour. Je venais de lui en donner trois.

Mais la sérénade que j'avais chantée sous son balcon, l'avait-elle seulement entendue ? Les victimes avaient beau hurler son prénom, l'aimée faisait la sourde oreille.

C'était vexant pour elles. Rien de plus ballot que de mourir pour rien. Ce n'était pas moins douloureux pour moi – qui me sentais abandonné.

Tandis que je m'étais rougi les mains dans le sang, Rebecca avait repris sa liberté. Quand j'ai fini par l'apercevoir, un matin, elle ne me semblait pas particulièrement inquiète.

Elle ne se doutait de rien.

Combien de temps allait-elle encore pouvoir se dérober à mon amour ?

J'obligeais Rebecca à mesurer le trajet qu'elle avait déjà parcouru. Pour ses trente ans, son agresseur lui avait envoyé un véritable message et la carte d'un bouquet de roses. Un an et quelques mois plus tard, à quoi en était-il réduit ? À tracer trois mots sur un pare-brise et à pincer une pauvre fleur sous un essuie-glace. J'y vis la preuve qu'il s'essoufflait.

Que lui jetterait-il au visage la prochaine fois ?

Un mot, peut-être, et seulement un pétale.

S'il en était encore capable.

Peut-être avait-il définitivement renoncé à lui nuire, car depuis la mi-février, il semblait s'être évanoui.

Trois morts, trois flops.

L'Irlandaise, l'hôtesse et la joggeuse.

On se serait découragé à moins.

Et encore, dans cette affaire, je n'étais pas le plus à plaindre. Pliées dans leur linceul, ces Rebecca de substitution devaient trouver leur homonyme assez désinvolte – si elles la voyaient. Pas un regret, pas un murmure de compassion, alors qu'elles étaient mortes non seulement à cause d'elle, mais pour ainsi dire à sa place.

Il fallait bien l'avouer : l'aimée n'était pas altruiste. Je n'avais aucune envie d'en dire du mal, mais pourquoi contester l'évidence ? Elle était même terriblement autocentrée.

J'aurais pu continuer sur ma lancée mais, à ce stade, une conclusion s'imposait : c'était en pure perte que je m'étais époumoné sous son balcon.

Celle qui ne m'avait jamais vu n'entendrait pas non plus ma romance. Dans ces conditions, à quoi bon multiplier les risques inutiles ?

Mieux valait renoncer, au moins pour un temps, aux meurtres par procuration.

Si je pouvais espérer atteindre Rebecca, c'était en la visant, elle.

En face.

Ce serait beaucoup plus simple.

Après m'être égaré dans des voies de traverse, je revenais dans le droit chemin.

Prépare-toi, ma jolie, murmurais-je. Ma visite est imminente. D'un moment à l'autre, je vais venir frapper à ta porte.

Le 23 mars, jour de la Sainte-Rebecca, mon amie trouva dans sa boîte aux lettres un paquet qu'elle ouvrit sans appréhension.

Il contenait un kit dont chaque élément était destiné à lui faire dresser les cheveux sur la tête. Vingt centimètres de fil barbelé. Un flacon d'acide. Une pelote de fil électrique.

Un mot accompagnait le tout.

Mutilations sexuelles : voici le matériel.

Le mode d'emploi arrivera par le prochain envoi.

Une autre se serait sans doute évanouie.

Pas elle.

Preuve que mes leçons – qui péchaient cependant par optimisme – avaient porté.

Elle resta l'œil sec face au carton ouvert.

Rebecca n'avait plus de larmes pour pleurer et plus de voix pour hurler de terreur.

À quel moment recevras-tu la suite ? Là, ma chère, il va falloir t'armer de patience.

Tout dépendra de mon bon vouloir, lequel, comme le cœur, a ses raisons, voire ses caprices.

Certaines femmes ont attendu le facteur toute leur vie. En amour, les promesses non tenues sont monnaie courante.

D'ailleurs, as-tu vraiment besoin d'un mode d'emploi ? Je fais confiance à ta vaste imagination. Quant à moi, le silence me convient parfaitement. Les bavardages, c'est toujours un peu salissant.

Le soir, lorsqu'elle rentrait du travail et qu'elle s'approchait de la boîte aux lettres, elle aurait pu revivre une scène qu'elle avait tant redoutée un an plus tôt : la jeune fille effrayée sent son souffle s'accélérer, tandis que son corps se recouvre d'une sueur glacée. Que va-t-elle trouver, aujourd'hui ? Ses jambes vacillent. Dans un instant, elle s'affaissera, et son crâne, en frappant le sol, fera un bruit mat dont nul n'entendra l'écho.

Mais non.

Jamais plus.

Ce scénario – elle souriait en m'en parlant, tandis que je me félicitais de la trouver si forte –, ce scénario était usé jusqu'à la corde. Elle savait que l'histoire ne se répétait pas.

Un cinglé s'était déjà amusé à la terroriser. Probablement celui qui lui écrivait encore. Ou un autre. En tout cas, elle avait vécu des heures de cauchemar. Elle avait pleuré, claqué des dents et perdu le sommeil. Après quoi, rien n'était arrivé.

Rien du tout.

Passé l'aveuglement vient quelquefois la clairvoyance.

À présent, elle réfléchissait différemment. Elle entrevoyait les règles du jeu sournois qu'on avait voulu lui imposer.

Le bilan de ces derniers mois était instructif.

Les gendarmes s'en étaient d'abord pris à Antonio, auquel ils n'avaient rien trouvé à reprocher. Puis à Cédric, qu'ils avaient déclaré coupable. Pourquoi l'affaire s'était-elle achevée ainsi ? Qui donc avait été manipulé ? Était-ce à elle, à Antonio ou à Cédric qu'on en voulait ?

Elle s'était longtemps prise pour l'unique cible de son ennemi. Sans doute à tort. Peut-être celui-ci visait-il quelqu'un d'autre à travers elle. Mais, dans tous les cas, l'effroi était inutile. C'était même un piège à éviter, car il ne pouvait que l'empêcher de réfléchir.

Les chasseurs sont des solitaires. Du moins ils le deviennent. Depuis que je suis hypnotisé par Rebecca, je passe mes journées en embuscade. Je la planque comme un ornithologue obsédé par un oiseau rare.

Le guet est un plaisir en soi, et les moments où je l'aperçois, des pics de bonheur. C'est du moins ce que je me répète. Mais ce n'est pas toujours le cas.

Je m'installe en face de son domicile ou de son bureau. Je reste longtemps à regarder ses fenêtres. Rêverie morose et inaction. Quand s'ouvre la porte d'entrée de l'immeuble, je jette un coup d'œil pour savoir qui entre ou sort.

Parfois, le temps passe assez lentement.

Rebecca n'avait pas envie de se croire plus maligne ni plus forte que son agresseur. Il n'empêche qu'elle avait vu juste : le mois de mars s'était achevé sans que le mode d'emploi annoncé lui soit jamais parvenu. Son mystérieux correspondant devait juger trop simple de tenir ses promesses.

Elle le connaissait très bien à présent. Elle savait qu'il n'était jamais où on l'attendait. Qu'il mettait une pointe d'orgueil à déjouer ses prévisions. Un moyen comme un autre de la terrifier.

Mais l'épouvante elle-même a ses limites. En outre, elle sécrète son antidote, qui est l'analyse. On l'oublie toujours, mais la proie aussi observe le chasseur.

Elle épie autant qu'elle est épiée.

Elle enregistre jusqu'au moindre détail.

Au fil des mois, Rebecca avait frémi chaque fois que l'inconnu s'était approché d'elle. Elle avait mesuré sa cruauté, son aptitude à resurgir quand elle ne l'attendait plus. Mais elle avait aussi noté ses dérobades. Rétrospectivement, elle n'était pas moins frappée par les audaces de cet homme que par l'angoisse qu'il devait éprouver – et qui, d'une certaine manière, la protégeait.

On se lasse de tout. Je devais mettre un terme aux heures passées sur un banc public ou dans les cafés. À tous ces moments où je me suis usé la vue à suivre les inconnues des yeux en attendant de retrouver une silhouette toujours fugitive – la seule qui comptait pour moi. Il fallait que je me l'avoue : je souffrais trop d'être éloigné de Rebecca.

Être à l'écart, c'est être toujours malheureux. Je comprenais que j'avais pris le problème à l'envers.

Aussi, quand j'ai découvert qu'il y avait un deux pièces à louer dans son immeuble, j'ai sauté sur l'occasion. J'ai appelé l'agence. Signe du destin : l'appartement était situé au même étage que le sien.

Il n'était pas difficile d'obtenir un rendez-vous pour le jour même.

Je brûlais d'impatience en commençant la visite.

Une fois dans les lieux, il fallait bien faire semblant d'hésiter. J'ai tiqué quand on m'a dit que la copropriété venait de voter des travaux importants dans la cage d'escalier. Le bruit, la poussière, que de désagréments.

Puis j'ai tergiversé quand la gardienne nous a lâché entre deux portes qu'il y avait des souris dans l'immeuble. Mais il y a longtemps que ma décision était prise. C'était oui.

Le propriétaire était pressé de relouer. J'ai poussé un soupir de soulagement quand mon dossier a été accepté. Nous avons signé le contrat deux jours plus tard.

Le loyer est un peu cher, mais habiter sur le même palier que Rebecca était une occasion que je n'aurais jamais laissée passer. À partir du 15 avril, je serais son voisin le plus proche. Quel honneur, tout de même…

D'autant que l'appartement avait un plus, que l'agent immobilier avait totalement passé sous silence : un balcon qui courait sur toute la façade et par lequel il devait être très facile de passer d'un logement à un autre.

III

Chez elle

À la mi-avril, je me suis installé dans mes murs, c'est-à-dire presque dans les siens. Le jour de mon déménagement, quand Rebecca a vu son palier encombré par mes cartons, tandis que la porte de mon appartement restait grande ouverte, elle a bien été obligée de me saluer.

Accompagné d'un regard prudent – le premier qu'elle posait sur moi depuis que je la connaissais –, son « Bonjour monsieur » m'a fait fondre.

C'était à peine un murmure : quatre notes sourdes, musicales, disaient sa surprise et sa réticence. Avant de se former sur ses lèvres, les deux mots semblaient avoir traversé une nappe de brume comparable à celles qui se forment sur le lac en automne. L'intonation était délicate et tellement éloquente :

— Comme vous voyez, monsieur, je suis d'un tempérament réservé. Veuillez noter que, compte tenu de mon excellente éducation, je veillerai toujours à ménager entre nous une distance de sécurité. Cependant, moi qui rêverais de vous ignorer, je contrains ma retenue naturelle pour vous adresser la parole, car mon premier souci est d'être irréprochable.

Le tout tenait en deux mots, auxquels je ne pouvais répondre que « Bonjour mademoiselle » – en m'en voulant presque de prononcer ce mot de mademoiselle, auquel je trouvais ce matin-là une sonorité crue, quasi impudique, tant il révélait, face à la jeunesse et à la solitude de ma jolie voisine, mon statut de prédateur.

Bref, nous avons fort bien joué la comédie de la première salutation, pleine de promesses indistinctes, dont je suis sorti vaguement ému et agité de belles pensées érotiques.

Rebecca va-t-elle réussir à m'attendrir ? Si elle y parvient, je reconnaîtrai qu'elle est assez douée.

De temps à autre, Rebecca m'emmenait déjeuner dans un petit restaurant situé à la sortie d'Annecy. La clientèle était suffisamment clairsemée pour que nous puissions discuter à notre aise. Elle s'asseyait sur la banquette, moi le dos à la salle. Nous passions la commande. Et elle se mettait à parler. Était-ce à moi qu'elle s'adressait alors ? Je pense plutôt qu'elle réfléchissait à voix haute.

Si son bourreau était au centre de ses pensées, elle ne songeait plus à se plaindre de lui, mais s'appliquait à voir clair dans son jeu trouble.

En lui, elle discernait un fétichiste des lieux et des dates.

Il avait investi tous les endroits qu'elle fréquentait. Sa rue. Son café. Son bureau. S'il entrevoyait l'occasion de la surprendre ailleurs, il la saisirait sans doute. De l'espace où elle vivait, il avait fait son terrain de jeu.

Quant au calendrier de ses apparitions, il obéissait lui aussi à une logique. L'homme avait surgi à la date symbolique du 1er décembre – celle de son trentième anniversaire –, puis à la Saint-Valentin. Le 1er avril.

Le jour de la Sainte-Rebecca. Sur le moment, ces manifestations avaient la brutalité de l'imprévu, mais tout prouvait qu'elles avaient été minutieusement préparées. Peut-être même planifiées avec des mois d'avance.

Avait-il déjà prévu leur prochain rendez-vous ? Quel cadre avait-il retenu ? Un événement professionnel ? Une fête nationale ?

Elle avait suffisamment redouté ses apparitions pour ne pas chercher à les anticiper – et pourquoi pas à en susciter une, quand elle se sentirait assez forte pour lui tendre un piège. Or, elle sentait que ce moment approchait.

J'évitais de l'interrompre pour lui faire remarquer que le plat refroidissait dans son assiette. J'attendais de savoir où elle voulait en venir.

Le déjeuner se concluait toujours par la même phrase :

— Laisse-moi t'inviter, chère Violette. Tu ne me refuseras pas ce plaisir.

Rebecca, qui ne s'était pas toujours montrée généreuse envers moi, l'était peu à peu devenue. Je recevais d'elle des cadeaux de tous ordres. Des produits de maquillage. Des vêtements. Des accessoires de valeur dont j'étais consciente qu'elle les porterait mieux que moi, et que j'acceptais néanmoins, redevable et confuse.

Je savais que, de nous deux, elle seule possédait ce bien souverain sans lequel aucun achat ne sert à rien : un goût irréprochable.

Quand elle me tendait un paquet, je me sentais gauche mais profondément reconnaissante.

— Accepte, chère Violette. Tu ne me refuseras pas ce plaisir.

J'aime lui tenir la porte de l'ascenseur. Humer son parfum. Frôler ses cheveux. Quand j'entre derrière elle dans la cabine, je lance une phrase en l'air, à laquelle elle peut difficilement ne pas répondre. Et pourtant, elle hésite. Un début de conversation s'engage, dont on sait qu'il n'ira jamais loin. Nous nous bornons au charme des préambules.

Le voisinage procure d'autres plaisirs. Quand je descends ma poubelle juste après elle, j'aperçois sous le plastique l'épluchure des légumes qu'elle a mangés la veille. Je pourrais reconstituer son menu. Grâce à Rebecca, je me passionne soudain pour les ordures. La poubelle jaune révèle des secrets d'une autre espèce, comme la marque de son eau minérale.

Autre avantage de la promiscuité : à travers la cloison, j'entends la musique qu'elle aime. Un autre, moins fréquent, est de l'entendre hurler la nuit quand elle fait un cauchemar. C'est-à-dire, je pense, quand elle rêve de moi.

Tout cela relève presque du marivaudage. J'entrevois des plaisirs d'alcôve, auxquels je pourrais tout doucement m'habituer.

Par hypothèse, nous avions écarté l'idée que Rebecca puisse être persécutée par une femme jalouse. Les sorcières n'existent que dans les contes. Son bourreau, à n'en pas douter, était un homme. À quoi pouvait-il ressembler ? Nous commencions à avoir notre idée là-dessus.

S'il avait torturé une poupée Barbie, dynamité la Saint-Valentin et manigancé l'arrestation de Cédric, c'était afin de piétiner une certaine image de la vie. Il n'avait pas connu les promenades au crépuscule. Encore moins les baisers au clair de lune. Un solitaire ? Il aurait été moins cruel. Plutôt un éconduit, persécutant les sentiments d'autrui autant qu'il détestait les siens.

Au fil des mois, il s'était continuellement livré au même manège. Et, bien qu'il fasse preuve d'imagination, il s'était cantonné à un seul exercice. Souffler un courant d'air glacé sur la vie de Rebecca. Jouer les trouble-fête. La rendre folle quand elle aurait pu être heureuse.

Je me le représentais comme un sale gosse – ou comme un pauvre gosse – qui, refusant de grandir, attrapait des mouches pour les jeter vivantes dans des toiles d'araignées.

On échange un mot, un jour.

Une phrase, le lendemain.

L'esquisse d'un sourire – si fugitif –, le jour suivant.

On sympathise. On se trouverait presque des points communs. Hier soir, je lui ai demandé quel était à son avis le meilleur restaurant des environs.

Rebecca est loin d'être farouche. En l'observant de plus près, je ne la trouve plus cassante ni hautaine. Pour tout dire, elle me paraît assez sociable. Cette fille-là a besoin qu'on l'aime. Voilà tout.

Doucement, heure par heure, je l'habitue à ma présence.

Pour parachever mon image d'auxiliaire indispensable, je lui laisse entendre que je suis un as du bricolage. Mais je joue finement. Ce serait une erreur grossière de lui proposer mes services.

Au contraire : quand elle me sollicitera, je commencerai par faire la sourde oreille. Je tarderai. Je tergiverserai. J'attendrai qu'elle y revienne au moins deux ou trois fois.

La règle est claire : c'est elle qui doit être demandeuse. Pas moi.

En sortant de chez moi, j'ai trouvé ma jolie voisine en pénitence. Un livreur mal luné avait laissé pour elle, dans l'entrée de l'immeuble, un énorme colis. Impossible à porter pour une femme seule. Elle a dû me demander mon aide.

Au moins pour le déposer devant sa porte. Ensuite, m'a-t-elle dit, je me débrouillerai. Pas sûr que ce soit très facile, mais me faire pénétrer dans ses murs était au-dessus de ses forces.

En tout cas pour l'instant.

Il n'y a que le premier pas qui coûte.

Je travaillais quand la voix de Rebecca me fit lever la tête.

— Que dirais-tu du 21 juin ? C'est le premier soir de l'été. Celui de la fête de la Musique.

Inutile d'en dire plus. Je savais ce qu'elle avait en tête. À cette date, il fait toujours beau. Garçons et filles marchent sous les arbres des bords du lac ou dans les rues de la vieille ville. Ils s'attardent devant des estrades où jouent les orchestres amateurs. On danse. On s'amuse. On finit toujours par s'embrasser.

Si mon amie participait alors à un concert, l'inconnu résisterait-il à la tentation de se manifester ? On pouvait parier que non.

Le printemps revient. Le lac est bleu azur. Pendant les ponts du mois de mai, la ville se remplit de visiteurs. Samedi, Rebecca est allée faire son marché les épaules nues, un bandeau dans les cheveux. Un sautoir attirait l'œil sur son décolleté.

Je n'aime pas qu'elle soit si peu vêtue. Une tenue pareille est un appel au viol. Elle devrait pourtant savoir qu'aucune rue n'est tout à fait sûre.

Faustina, notre gardienne, n'avait pas menti. Il y a effectivement des souris dans l'immeuble. La première que j'ai réussi à attraper vivante, après une course-poursuite qui m'a mis en appétit, je l'ai glissée dans la poche de ma veste après l'avoir à demi assommée.

Quand Rebecca est revenue du marché, je l'ai laissée passer devant moi. Nous avons pris l'ascenseur ensemble. Et, tandis qu'elle levait un instant les yeux au plafond, j'ai laissé tomber dans son panier à provisions ma petite complice estourbie, que l'odeur des victuailles ne tardera pas à réveiller. D'ailleurs, j'ai pris soin de ne pas lui faire grand mal. J'éprouve de la tendresse pour les rongeurs.

Tout cadeau s'accompagne d'un renoncement. J'étais un peu déçu à l'idée que je ne verrais pas le visage horrifié de ma voisine. Je profiterais cependant de son cri.

Celui-ci n'a pas tardé à se faire entendre, vif et frais dans l'air du matin. Il a traversé la cloison. D'une stridence parfaite. Mélodieuse. Cette fille est incroyablement musicienne.

Je sais bien ce que d'autres auraient pensé à ma place : il est disproportionné de faire tant de bruit parce qu'une trotteuse au doux pelage a traversé votre cuisine. Mais j'essaie de ne pas juger les gens. Il faut les prendre comme ils sont. Rebecca est d'un tempérament nerveux.

Certains auraient sonné chez elle pour lui demander ce qui lui arrivait. Moi, je crains toujours de déranger.

J'ai attendu.

Pas longtemps.

Quand on a sonné à ma porte, j'ai pris mon temps, comme si je renâclais. Et j'ai fini par ouvrir, en prenant le sourire niais du garçon serviable à qui l'on peut tout demander.

Rebecca se tenait face à moi. Les joues roses, le souffle court, les yeux humides. J'imagine qu'elle a parfois ce visage après le plaisir. J'ai cru qu'elle allait s'effondrer dans mes bras. Nenni. Pas de familiarités, puisqu'on se connaît à peine. Les privautés viendront en leur temps.

De toute façon, je me méfie des tendresses sans lendemain. Une femme qui s'abandonne à un matelot en plein naufrage pourra aussi bien l'ignorer deux jours plus tard en le croisant sur la jetée.

— Vous allez me trouver ridicule, a-t-elle balbutié. Il y a une souris dans ma cuisine.

— Les rongeurs, ai-je répondu, ça me connaît.

Je n'étais pas certain, quand j'ai emménagé, qu'il serait aussi facile de me faire inviter.

J'ai couru un moment après ma petite amie à la robe gris poussière. Cela m'a permis de visiter une partie de l'appartement.

La cuisine, avec les mugs aux tons pastel sur l'étagère.

Le placard où sont rangées les provisions.

Quand j'ai définitivement assommé ma complice, je l'ai étalée sur la pelle à balayures. Et j'ai présenté sa dépouille à Rebecca. Je ne sais pas pourquoi celle-ci a détourné la tête. Après tout, je n'avais fait qu'exécuter ses ordres.

Elle m'a proposé un café, qu'il aurait été désobligeant de refuser. M'a raconté qu'elle recevrait des amis dans la soirée. Des musiciens. J'ai senti qu'elle était même tentée de m'inviter.

À ce moment-là, malheureusement, son téléphone a sonné. Elle n'a quitté la pièce que quelques minutes, mais quand elle est revenue, l'élan était cassé. J'avais fini ma tasse.

— Merci, ai-je dit en me levant. Je vous laisse. Vous devez avoir à faire si vous attendez du monde.

Rebecca projetait de tendre un piège à son bourreau. Son idée n'était pas mauvaise. Sous l'égide de la fondation que sponsorisait sa famille, elle donnerait, avec sa bande d'amis, un concert le 21 juin. Et tandis qu'ils joueraient, je prendrais le plus grand nombre de photos possible – non de l'orchestre bien sûr, mais de l'assistance, à laquelle l'inconnu ne résisterait pas à la tentation de se mêler.

Peut-être tenterait-il de se manifester par une mauvaise blague.

Pour le prévenir, inutile de coller la moindre affiche : il serait au courant, puisqu'il espionnait tous ses faits et gestes. Nous pourrions donc tabler sur sa présence.

Telle serait la première étape.

Dans le meilleur des cas, il remarquerait mon manège et, flairant le danger, voudrait déguerpir – ce qui le trahirait. Mon attention se concentrerait donc en priorité sur ceux qui chercheraient à s'éclipser.

S'il restait en place, son visage se retrouverait dans une galerie de portraits que nous pourrions transmettre à la gendarmerie. Ou au sein de laquelle – surtout s'il s'agissait d'un familier de DireXon – Rebecca l'identifierait.

À défaut, il serait toujours possible de renouveler l'expérience. D'organiser un autre événement. Puis de confronter le premier et le second jeu de photos. L'étau se resserrerait alors autour du coupable.

Mon amie s'était persuadée qu'elle voyait juste. Elle avait arrêté son plan. Il ne restait plus qu'à le mettre en place. Elle avait planifié un dîner afin de préparer ses amis. De les avertir sans les inquiéter. De leur expliquer ce qu'elle attendait d'eux.

À l'heure prévue, leur rôle consisterait à entourer Rebecca qui se placerait au centre de l'estrade. Le sourire joyeux, les traits détendus, elle aurait les cheveux relevés et porterait sa plus jolie robe. Tous les regards convergeraient vers elle.

Bientôt, les premières notes s'élèveraient dans l'air. Chacun jouerait sa partition. Mon smartphone à la main, je photographierais inlassablement le public.

S'il se passait quelque chose d'anormal, Rebecca le signalerait en jouant une phrase musicale dont nous serions convenus.

Comme d'habitude, elle serait dans la lumière et moi dans l'ombre – du moins en apparence, car, dans les faits, il en irait un peu différemment. Cette fois, son rôle serait purement figuratif et c'est moi qui serais à la manœuvre. Elle serait l'appât, moi le chasseur.

C'est moi qui m'approcherais de l'ennemi.

C'est de moi, pour finir, que dépendrait le succès de l'opération.

L'après-midi, pour tuer le temps, je suis allé dans une animalerie. L'histoire de la souris m'avait donné des idées. J'ai regardé longuement les créatures qui me guettaient du fond de leur cage, rêvant peut-être de bondir sur moi. Serpents au regard fixe et à la langue alerte. Lézards couleur de pierre, aux pattes torses et griffues, dont les yeux se perdent dans un lacis de rides. Lequel, parmi ces êtres d'un autre âge, Rebecca allait-elle retrouver dans sa douche ou sous sa couette ?

J'ai remis ma décision à plus tard afin de continuer paisiblement ma promenade. De toute façon, un tel achat serait irréfléchi. Je ne dois en aucun cas prendre le risque d'être identifié.

À quoi reconnaît-on un pervers ? À sa manière de vous regarder en coin, je suppose. À l'habileté avec laquelle il vous conserve dans son champ de vision même s'il tourne la tête dans une autre direction.

Peut-être aussi à la prudence avec laquelle il s'attache à repérer les lieux avec un jour d'avance quand il s'apprête à se manifester.

Puis à l'obstination avec laquelle il revient vérifier quelques heures plus tard que le dispositif est prêt à fonctionner.

Celui qui harcelait Rebecca ne devait pas faire exception à la règle. Par moments, je croyais deviner sa silhouette, vaguement voûtée, ses yeux fuyants. Je me disais qu'il devait avoir un tic : regarder l'heure à tout instant, remonter d'un geste mécanique ses lunettes sur son nez ou hausser légèrement les épaules. J'imaginais un vieil enfant nostalgique, qui jette des bombes à eau sur les filles du haut d'un balcon ou se cache derrière les portes pour les effrayer.

Un pauvre type impuissant et cruel qui, une fois arrêté, m'inspirerait peut-être un commencement de pitié.

J'aurais été naïve si j'avais cru pouvoir l'identifier sans peine. Être invisible était à coup sûr son seul signe particulier. Et pourtant, je n'excluais pas de le reconnaître au premier regard.

Au fond, nous étions loin d'être étrangers l'un à l'autre. Peut-être existait-il une connivence entre deux personnes qui, avec la même attention, avaient observé aussi longtemps Rebecca.

Le brouhaha des voix filtrant à travers les murs est aussi éloquent qu'une conversation. On reconnaît les notes aiguës d'une fille éméchée, le vibrato d'un baryton qui voudrait parler politique, les exclamations du rigolo de service qui devra s'y reprendre à deux fois pour raconter une histoire drôle.

Ce soir-là, chez Rebecca, j'ai su tout de suite que l'ambiance était plombée. Elle voulait voir du monde, chasser les idées noires par des pensées frivoles, se griser d'alcool et de plaisanteries ? C'était raté. Une gêne étranglait les voix. Aucun rire ne fusait.

Je n'avais même pas la tentation de tendre l'oreille pour savoir ce qui se disait de l'autre côté de la cloison. Il ne me semblait pas utile d'en savoir davantage. La vérité viendrait à moi tôt ou tard de son petit pas tranquille.

Les invités se sont retirés de bonne heure, ce qui ne m'a pas surpris.

Quelques minutes après leur départ, j'ai entendu Rebecca sangloter.

J'aurais pu me faire du souci pour elle si lui en donner n'était pas depuis des mois mon principal objectif. J'aurais pu aussi me perdre en conjectures, en me demandant ce qui s'était passé, mais mon petit doigt, qui ne me trompe jamais, m'assurait que je n'aurais plus longtemps à attendre pour connaître la raison de sa déconvenue.

Au bout de deux minutes, je l'ai entendue ouvrir la porte-fenêtre de sa cuisine et poser, avec un bruit sec, un objet sur le balcon. Puis elle a quitté la pièce et gagné sa chambre.

J'ai passé la tête à l'extérieur pour voir de quoi il retournait. Rebecca venait de placer dehors un superbe bouquet de roses rouges.

Elles étaient somptueuses, à peine ouvertes, de la couleur admirable du sang qui commence à se figer. Une splendeur. Ses amis s'étaient probablement cotisés pour lui offrir ce cadeau magnifique. Je me demande si Rebecca les a assez remerciés.

Je suis resté un moment à savourer la fraîcheur nocturne, mais j'aurais pu tout aussi bien éclater de rire ou applaudir. Le hasard est un auxiliaire irremplaçable.

Longtemps, j'avais travaillé seul. Et voilà que, sans que nul ne les en charge, ses proches m'avaient emboîté le pas. Le monde entier se donnait la main pour pourrir la vie de cette jolie fille. C'était franchement inespéré.

De toute évidence, Rebecca avait gardé son secret pour elle. Elle n'avait pas parlé à ses amis de sa carte d'anniversaire ni du petit cadeau de la Saint-Valentin. Dans ces conditions, comment auraient-ils pu soupçonner quoi que ce soit ?

En attendant, ils avaient tapé dans le mille. Il faut croire qu'il existe une invisible affinité entre ma belle voisine et les roses pourpres.

Je me suis couché guilleret. Le bouquet qu'elle avait placé sur son balcon, probablement pour l'éloigner d'elle, apaiserait mon sommeil.

J'ai très bien dormi cette nuit-là. Le lendemain, quand j'ai croisé Rebecca devant l'immeuble, je me suis abstenu de lui demander si elle s'était bien amusée et si la fête s'était terminée tard. Il était déjà assez difficile de ne pas lui jeter un œil goguenard.

Loin de faire plaisir à Rebecca, les fleurs l'avaient démoralisée. La coïncidence était trop lourde. En somme, la soirée avait mal démarré. En outre, quand elle avait exposé son plan à ses amis, elle avait eu l'impression qu'ils ne l'écoutaient pas. Peut-être avait-elle manqué de conviction.

Quoi qu'il en soit, il n'était pas question de capituler. Elle jouerait avec eux le 21 juin. Elle me demanderait de photographier l'assistance. Soit ! Mais, pour la protéger, il fallait prévoir une personne supplémentaire. Quelqu'un de plus pugnace et de plus volontaire.

Rappeler Damien Escoffier ? Cela paraissait délicat. Il l'avait éconduite quand elle avait voulu réhabiliter Cédric et elle ne se sentait plus guère soutenue par lui. Comment aurait-elle su que je l'appelais régulièrement à la gendarmerie et qu'il me faisait parler d'elle ?

Non, répétait-elle, il fallait qu'elle se cherche un autre appui. C'est à cette occasion que, pour la première fois, elle me parla de son nouveau voisin.

Un jour est passé. Puis deux. Puis trois. Les roses sont toujours sur le balcon. Rebecca se contente de renouveler l'eau, mais elle ne s'est jamais risquée à les rentrer chez elle. En un sens, elle m'en fait profiter. C'est bien aimable.

Au bout d'une semaine, j'imagine qu'elle s'est frotté les yeux en se demandant quel bouquet ensorcelé on avait bien pu lui offrir. Car celui-ci ne contenait aucun pétale fané. Aucune feuille séchée. Les fleurs étaient aussi belles, aussi fraîches que le jour où on les lui avait offertes. De la magie noire, vous dis-je. Ou plutôt de la magie rouge.

Évidemment, il y avait un truc.

Tout bête.

Chaque fois qu'une rose commençait à piquer du nez, je la remplaçais. C'était simple comme bonjour. Il me suffisait d'en acheter une et d'attendre que Rebecca soit sortie de chez elle. Une fois sur le balcon, je procédais à la substitution.

J'ai cessé ce manège le treizième jour.

Les plaisanteries les plus courtes sont toujours les meilleures. Le lendemain, j'ai trouvé le bouquet dans la poubelle de l'immeuble. Rebecca avait fini par craquer. Je trouve même qu'elle avait tenu assez longtemps.

La semaine suivante, je remarquai que Rebecca prenait des cachets. Elle devint nerveuse, tendue, caustique. Parlait très vite et trop fort. Un matin, elle chercha sur Internet combien de temps des fleurs coupées pouvaient garder leur éclat. Les siennes ne fanaient pas, m'assurait-elle. Quel problème cela posait-il ? Elle s'agaça de ne pas trouver de réponse précise.

Après quoi, elle me parla de son voisin, en mélangeant divers sujets. Je la trouvais difficile à suivre. En somme, l'amélioration de son état avait été brève. Elle se polarisait sur le guet-apens, dont elle parlait d'une voix fiévreuse, mais sa certitude que nous touchions au but m'inquiétait. Comment réagirait-elle en cas d'échec ?

J'aurais aimé sonder ses amis, dont j'avais relevé le nom, le prénom et l'adresse électronique sur son ordinateur. Mais pouvais-je me risquer à les joindre ? Elle avait soigneusement cloisonné sa vie. Leur avait-elle jamais parlé de moi ?

Pour contenir son excitation, je l'appelais à davantage de mesure. Je l'engageais à la prudence. En vain. Elle ne m'entendait plus.

En cas d'alarme, Rebecca serait-elle capable d'aller se plaindre aux forces de l'ordre ? Aucune idée mais, par prudence, je m'arrange pour lui en faire passer l'envie.

— J'ai un copain gendarme, ai-je lancé un jour où la gardienne évoquait les méfaits commis dans les environs par une bande de petits malfrats. Il faudra que je lui en parle. C'est un type qui a toujours un tas d'histoires à raconter. On l'écouterait pendant des heures.

Rebecca, qui était en train de récupérer son courrier, a dressé l'oreille. Elle m'a entendu poursuivre sur un ton détaché :

— Le revers de la médaille, c'est la déformation professionnelle : il prend tous les types pour des truands et toutes les filles pour des allumeuses.

J'ai conclu après un court silence :

— Quand on lui dit qu'une femme est venue porter plainte, il pose toujours la même question : elle est mignonne au moins ?

Faustina a éclaté de rire. Rebecca s'est rétractée. On aurait dit une huître sous un jus de citron.

Rebecca avait retrouvé son alto. Quand je passais la voir chez elle, elle travaillait inlassablement un air de Bach. Je croyais discerner un lien obscur entre son obstination et ce morceau que je trouvais aussi beau qu'obsédant. Le vol d'une guêpe enfermée dans un goulot de bouteille.

Nous étions début juin. Dans trois semaines, nul doute qu'elle serait prête sur le plan artistique. Sur l'autre front, en revanche, la victoire n'était pas assurée.

Elle n'avait toujours pas parlé au voisin auquel elle prétendait confier sa protection. Le plus tard sera le mieux, répétait-elle, ne voulant lui laisser le temps ni d'hésiter ni de prévenir qui que ce soit. J'y voyais la preuve d'une fuite en avant.

Lorsqu'elle marche dans la rue, à petits pas saccadés, Rebecca a l'habitude de se retourner tous les trois pas. Amusant. Elle pense que le danger est dans son dos. Pourquoi ne serait-il pas devant elle ou juste à côté, à sa gauche ou à sa droite ?

Quant à imaginer qu'il pourrait venir de son voisin de palier, elle en est visiblement très loin.

Je serai le dernier à croire Rebecca saine d'esprit. À ne pas trouver ses terreurs absurdes, ses cris démesurés, sa méfiance inexplicable.

De même, je serai le dernier à répondre à ses appels en cas de frayeur nocturne. Quand tous ses amis lui auront raccroché au nez en lui conseillant de se rendormir, chez qui ira-t-elle sonner ?

À ce propos, quand nous nous croiserons, il faudra que je songe à glisser dans la conversation que je me couche très tard et que j'ai le sommeil très léger.

Isoler la mignonne n'est pas suffisant. Il faut aussi lui faire comprendre qu'elle peut à tout instant se réfugier chez moi.

Si je n'avais pas observé l'agitation de Rebecca, ses changements d'humeur, ses rires suivis de moments d'abattement, j'aurais pu m'amuser de la situation. Victime hier, elle excellait aujourd'hui à manipuler son entourage.

À son voisin, elle ne disait toujours rien, afin de lui demander à la dernière minute un service qu'il ne pourrait pas lui refuser. Ses amis, elle les apaisait en sous-estimant la menace. Avec moi, elle parlait de son piège comme d'une joyeuse blague. Pourquoi ne pas être plus franche et admettre que la soirée du 21 juin pourrait aussi bien se transformer en bain de sang ?

Je n'ai jamais envisagé de retirer mon soutien à Rebecca, dont le jugement m'importait plus que tout. Mais j'étais gagnée par la peur. Je voyais bien que, pour se débarrasser de son agresseur, elle n'hésiterait pas à nous mettre tous en danger.

Depuis qu'elle avait décidé de se faire justice, je ne la reconnaissais plus. Elle était à la fois fragile et tyrannique. Déterminée mais inconstante.

Reconnaissante et pourtant déloyale. Je pressentais que, du succès de son plan, qui comportait malheureusement beaucoup d'inconnues, dépendait l'avenir de notre relation. Et peut-être bien sa santé mentale.

Rien de plus facile que d'entrer chez elle quand elle s'absente. Car depuis qu'il recommence à faire chaud, elle part en laissant ses fenêtres ouvertes.

Ce matin, en passant par le balcon, je me suis glissé dans son salon. J'avais un moment devant moi. Elle venait de partir au travail. Il ne lui est jamais arrivé de revenir sur ses pas.

J'ai inspecté les lieux avec des gants en latex. Précaution superflue. Si un jour un enquêteur obsessionnel trouve chez elle mes empreintes digitales ou des traces de mon ADN, elles seront faciles à justifier : depuis le jour mémorable de la chasse à la souris, Rebecca fait souvent appel à mes services.

J'appelai Rebecca à la raison. Jugea-t-elle que je manquais de courage ? Elle s'éloigna brutalement de moi.

Prétextant que, sur certains dossiers, elle travaillerait plus rapidement seule, elle me retira tous ceux que nous avions traités à deux. La punition était sévère. Elle alla jusqu'à me demander sur un ton détaché si je serais éventuellement intéressée par un autre service. Je m'abstins de toute réponse.

Pendant ce temps, comme par un fait exprès, son voisin s'appliquait à remplacer la Providence. Il s'était glissé dans la peau de l'homme à tout faire que les filles rêvent d'avoir à leurs côtés.

À quoi ressemblait-il ? Je l'ignorais.

Elle n'envisageait pas de nous présenter avant le concert.

Elle était atteinte de la manie du secret. Gardait tout pour elle. Protégeait sa vie. Et j'avais l'impression qu'elle faisait tout pour m'en exclure.

On se distrait beaucoup en passant au peigne fin l'appartement d'une fille qu'on a longuement observée de loin. On s'attarde devant ses photos de vacances. On lit son courrier. On découvre ses petites manies.

Un de ses carnets contenait une recette de canard au citron qui m'a paru intéressante. J'ai pris le temps de la mémoriser.

Pour le reste, j'ai trouvé son intérieur assez banal. Des plantes vertes. Des bougies parfumées. Quelques souvenirs de famille. Deux trois bibelots anciens qui puaient la brocante ou le vide-grenier.

L'inspection de sa trousse à maquillage, en revanche, a été un enchantement. Tout comme celle de ses sous-vêtements. Si convenables, si corrects, si tendrement suggestifs.

Sur la table de sa chambre, un alto et des partitions. Depuis plusieurs jours, en effet, je l'entends répéter un morceau.

Au fond d'un de ses tiroirs, assez mal cachée, je découvre une arme. Elle a donc songé à m'éliminer ? Ou du moins à se défendre. L'optimisme de la jeunesse.

Avec cet engin, à supposer qu'elle ait la possibilité de s'en servir, elle risquait tout au plus de se blesser elle-même.

Enfin, j'ai découvert qu'elle savait coudre. Je m'en doutais, mais cela m'a plu. Je l'imaginais en train de se piquer le doigt comme la mère de Blanche-Neige.

De se regarder saigner.

Et de faire un vœu.

Jeudi soir est venu le moment que j'attendais. J'ai glissé à Rebecca que je partais pour le week-end. Il était important qu'elle le mémorise. Mon bagage était déjà prêt. Il ne faut rien laisser au hasard.

Le lendemain matin, vers huit heures, je l'ai entendue fermer sa porte à double tour et appeler l'ascenseur. Elle l'attendait encore sur le palier que j'étais déjà entré chez elle par le balcon.

Je suis allé droit à sa chambre. Sur son oreiller, j'ai laissé une rose rouge. Ma signature. Elle la trouvera ce soir, à l'heure où, fatiguée de sa semaine, elle aura envie de se reposer. Une manière comme une autre de lui souhaiter une bonne nuit.

Je suis ressorti aussitôt par le même chemin et, empoignant mon sac de voyage, j'ai descendu l'escalier quatre à quatre. Je l'ai croisée devant les boîtes aux lettres, alors qu'elle revenait de la cour, où elle avait déposé sa poubelle.

— Nous nous en allons à la même heure, ai-je constaté.

Il s'agissait de lui rappeler le moment de mon départ pour le cas très peu probable où elle aurait des soupçons sur moi.

Ce week-end, elle sera seule à l'étage.

Quand elle trouvera la rose rouge, elle n'aura pas la possibilité de sonner chez moi.

Qui pourra-t-elle appeler, à part S.O.S Amitié ?

Une rose sur son oreiller. Deux mois plus tôt, Rebecca aurait poussé un hurlement. Ce soir-là, elle riait presque quand elle m'a appelée pour m'annoncer la nouvelle. Combien de cachets avait-elle avalés ? Je jugeais sa gaieté inquiète et fausse.

— Mon bourreau perd les pédales, affirmait-elle. Il ne sait plus où il en est. Il faudrait tout de même qu'il choisisse entre le gore et la romance.

En attendant, il avait pénétré chez elle sans effraction. Était-il passé par la façade, ce qui ne devait pas être très difficile ? Avait-il un double de ses clefs ? Je demandai à Rebecca si elle avait appelé le propriétaire de son appartement. L'agence immobilière qui le lui avait fait visiter. Faustina. Son mari.

Elle ne répondit pas à mes questions. Plus rien ne paraissait l'effrayer.

— Rira bien qui rira le dernier, fredonnait-elle au téléphone.

J'ai pensé qu'elle avait bu.

— Dans une semaine, mon agresseur sera identifié. On le prendra la main dans le sac, au moment où

il s'apprêtera à commettre une de ses plaisanteries macabres qui ne me font plus peur du tout.

Je m'étonnais de la trouver si forte, mais je ne me sentais plus très fière du rôle que j'avais joué vis-à-vis d'elle. Comment être certaine qu'elle ne courait aucun danger ? Devais-je la mettre en garde, au risque de l'affoler ? Lui conseiller de se barricader chez elle ?

Quelques mois plus tôt, je n'aurais pas hésité. J'aurais sauté dans ma voiture pour la rejoindre. Mais pour la première fois depuis longtemps, j'avais peur.

Et puis, il était tard. J'étais brisée de fatigue.

Je n'en pouvais plus de cet univers de violence feutrée dans laquelle Rebecca s'était à ce point installée qu'elle finissait par s'y sentir à l'aise.

En outre, j'étais excédée par sa manière de m'en demander toujours plus. De m'appeler le vendredi soir après m'avoir ignorée toute la semaine. Et de chantonner au téléphone alors qu'un fou s'apprêtait peut-être à bondir sur elle.

À moins qu'elle n'ait tout inventé. C'était ce que Ludivine, langue de vipère ou fine mouche, insinuait depuis des mois. Et que j'avais refusé de croire.

J'ai proposé à Rebecca de venir dormir chez moi. Silence. Sans doute aurait-elle préféré que je vole une nouvelle fois à son secours. Mais elle était incapable de me demander une aide que je lui avais toujours offerte spontanément. Incapable de faire un pas vers moi. Elle a ironisé, tergiversé et fini par raccrocher.

Cette nuit-là, j'ai dormi d'un sommeil profond.

Quand je me suis réveillée vers dix heures, j'ai aussitôt repensé à son appel. Il aurait été facile de prendre de ses nouvelles. Non sans lâcheté, j'ai renoncé à le faire. Si elle avait besoin de moi, c'était à elle de se manifester.

Quand je suis rentré le dimanche soir, je savais qu'elle m'attendait. À peine étais-je sorti de l'ascenseur que j'ai entendu tourner les verrous de sa porte d'entrée.

Depuis deux jours, elle devait tordre son mouchoir. Soupirer, sangloter, claquer des dents. Si un papillon s'était posé à côté d'elle, elle avait peut-être poussé un hurlement.

Je l'imaginais, seule dans son appartement, s'enfermant à clef pour prendre sa douche et tendant l'oreille pendant de longues minutes avant de sortir de la salle de bains.

Chaque craquement du parquet lui rappelait sa vulnérabilité, c'est-à-dire mon absence, car la seconde décuple la première. Bref, elle avait passé un week-end exécrable.

— Je suis contente que vous soyez rentré, m'a-t-elle annoncé avec une décontraction feinte.

J'étais impressionné par son sourire. Compte tenu de son niveau de stress, elle était habile à donner le change.

Elle a enchaîné :

— Vous n'avez pas envie de prendre un verre ?

Je me tenais sur le palier, mon sac de voyage à la main. Elle s'est avancée vers moi. Le premier baiser était sur la joue. Le suivant a été délicieux.

Offrir des roses est souvent le moyen d'obtenir une faveur. C'est ce que j'ai pensé en refermant mes bras sur elle.

La semaine suivante, j'ai vécu dans un rêve. Nous nous retrouvions tous les soirs pour dîner tantôt dehors tantôt chez elle. En revanche, elle évitait d'entrer dans mon appartement, dont je découvrais soudain qu'il transpirait la solitude.

Nous dormions toujours dans son lit.

L'accord était si simple entre nous. Il semblait qu'elle me connaissait depuis longtemps.

De mon côté, pas question de me trahir : je m'appliquais à paraître toujours surpris par ses décisions. Je la regardais à tout instant comme si je la voyais pour la première fois.

Je compris que, pendant des mois, nous étions passés à côté de quelque chose.

Dans un cadre, j'ai aperçu une photo du Midi. Le décor m'était familier. Je l'ai fait parler. En douceur. Je l'ai amenée à découvrir que, deux ans plus tôt, nous avions passé l'été au même endroit.

Nous n'étions pas dans les mêmes conditions. Je travaillais. Elle séjournait chez une amie. Mais nous avions parcouru les mêmes plages et nous nous étions attardés aux mêmes terrasses.

J'ai égrené le nom des bars, qu'elle avait en partie oubliés. Elle riait. J'ai insisté sur celui d'un club qui m'avait frappé.

Le Nausicaa.

Oui, elle se souvenait de ce nom-là. Quant au lieu, elle aurait été incapable de le décrire. Et pour cause.

Après s'être exposée au soleil pendant tout le mois d'août, elle avait les yeux rouges et gonflés. Un soir où ses amis voulaient sortir, elle avait retiré ses lentilles de contact et, sans prendre ses lunettes, elle s'était laissé entraîner à l'aveuglette.

Elle avait ainsi passé quelques heures de brume et de mystère dans un endroit dont les contours lui échappaient. Nuit et lumière. Aveuglement. De temps à autre, un projecteur illuminait les silhouettes qui disparaissaient à nouveau dans les ténèbres.

Toute la nuit, elle avait dansé au milieu d'une foule invisible. C'était dépaysant. Il y a des moments d'euphorie brève où, noyée parmi les autres, on a l'impression de n'avoir plus rien à soi.

Les regards vous frôlent. On n'y répond pas. On a laissé ses yeux au vestiaire.

J'écoutais Rebecca en souriant.

Je ne disais rien.

Elle n'a pas su ce qui s'était passé pour moi cette nuit-là.

Un peu plus tard, elle m'a montré la photo de son équipe.

— Tu veux voir mes collègues ?

Sur l'écran de son smartphone, elle agrandissait les visages. Celui-ci, c'est Jules, un bac plus dix qui cherche à dévorer tout le monde. Celui-ci Mickaël, un débutant qui réussira peut-être grâce aux femmes. Celle-ci, Violette, ma plus proche collaboratrice.

J'ai parfaitement reconnu la fille qui lui emboîtait le pas depuis des mois.

Alors, j'ai laissé tomber, d'une voix neutre :

— C'est drôle. Je crois que je l'ai aperçue, l'autre jour…

J'ai fait mine de chercher.

— Oui, ça me revient. Chez le fleuriste.

Le regard de Rebecca a changé de couleur. J'ai parlé de tout et de rien. Elle ne m'écoutait plus. L'innocence de Violette venait de voler en éclats.

Une accusation est d'autant plus crédible qu'elle est allusive. À la remarque que j'avais prononcée à mi-voix en hésitant – et que j'aurais aussitôt rétractée si Rebecca m'avait demandé des précisions –, je me suis bien gardé d'ajouter quoi que ce soit.

Au bureau, les jours suivants, elle a dû se montrer cinglante. Violette se demandait sans doute quel crime elle avait commis. S'interrogeait sur les raisons de sa disgrâce. Peut-être a-t-elle fini par s'attribuer des torts. En tout cas, le mal était fait.

Dans le cœur de Rebecca, j'avais instillé le venin du soupçon.

À la fin de la semaine, Rebecca s'absenta pour faire un aller et retour à Genève, où elle devait voir de la famille. J'ai passé le samedi dans son appartement auquel je trouvais tous les avantages. Il était non seulement plus grand mais beaucoup plus agréable que le mien. Et c'était là, désormais, que j'avais l'impression d'être chez moi.

Vers quatorze heures, j'ai entendu un coup de sonnette.

J'ai ouvert, pensant qu'il s'agissait de la gardienne.

Un gendarme en tenue, mains sur le ceinturon, se tenait face à moi. Il y a eu un moment de flottement – bref et extrêmement désagréable – entre nous. Visiblement, il s'attendait aussi peu à tomber sur moi que moi à me retrouver face à lui. De nous deux, je ne sais pas lequel était le plus déconcerté.

Il a fini par demander :

— Mlle Meyrowitz n'est pas chez elle ?

— Elle ne rentrera que dimanche soir.

— Vous êtes son conjoint ?

J'ai opiné vaguement, avant d'ajouter :

— J'espère qu'il ne s'est rien passé de grave.

Il a laissé tomber :

— Si, justement. Son assistante a tenté de s'empoisonner.

Après son départ, je me suis assis sur le canapé. À aucun moment, mon pouls ne s'était accéléré face au gendarme, mais j'avais besoin de faire le point.

Depuis que j'avais renoncé aux crimes pour jouer les garçons serviables, je pensais m'être refait une virginité. Mais cela n'effaçait tout de même pas mon bilan des derniers mois.

Quoique le motif de sa visite ne me concerne en rien, ce type m'avait regardé de travers, exactement comme s'il m'avait pris en faute. Mauvais présage.

Le plus curieux était que son visage aurait pu m'être sympathique. En tout cas, il ne me semblait pas inconnu. Peut-être nous étions-nous déjà croisés dans Annecy, un jour où il ne portait pas son uniforme. Je pense même que nous nous étions dit quelques mots, car je reconnaissais vaguement le timbre de sa voix.

L'idée de partir sur-le-champ me traversa l'esprit. Si je roulais bien, je ne mettrais pas plus d'une demi-heure pour gagner la Suisse. Mais, outre que ma fuite n'aurait pu qu'éveiller des soupçons, avais-je réellement les moyens de disparaître ? Une cavale se prépare. Il faut une planque, des contacts et pas mal d'argent liquide. Je n'avais rien de tout cela.

Une autre raison me retenait dans cet appartement : il m'était désormais impossible d'envisager la vie sans Rebecca.

Le calme revint. Je me persuadai que le gendarme se fichait de moi comme de l'an quarante. C'était Rebecca qu'il voulait voir, pas moi.

Quant au suicide manqué de Violette, qu'en dire ? Si elle avait eu un chagrin d'amour, je n'étais pas concerné.

Dans le cas malheureusement plus vraisemblable où Rebecca lui avait adressé des reproches, formulant une accusation que je m'étais contenté de suggérer, il ne tiendrait qu'à moi de me mettre sur la touche.

Me demanderait-on de confirmer que j'avais vu Violette chez un fleuriste ? Je démentirais. J'irais même jusqu'à feindre la surprise si l'on m'assurait que mon amie avait pris au sérieux des paroles que je n'étais même pas certain d'avoir prononcées.

C'était le genre de fille à se faire des idées.

J'en étais là de mes réflexions quand le téléphone sonna. Rebecca, que l'on venait de prévenir, avait besoin de s'épancher.

Cela tombait bien.

J'étais là pour ça.

Et il me tardait d'en apprendre davantage.

La veille, la mère de Violette, que sa fille avait promis de rappeler en fin de journée, s'était étonnée de son silence. Les heures passant, elle avait fini par flairer le mauvais coup et donné l'alerte.

Quand la gardienne, qui détenait un double des clefs, était montée dans l'appartement, elle avait trouvé Violette inconsciente, couchée en travers de son lit. Deux lettres étaient posées sur sa table de chevet, à côté d'un verre vide et de quelques fioles. L'intoxication aux médicaments ne faisait aucun doute.

Appelés en urgence, les pompiers avaient emmené la pauvrette à l'hôpital où elle avait été prise en charge. Bien qu'elle n'ait pas encore repris connaissance, ses jours n'étaient plus en danger.

Rebecca ayant achevé son récit, je me fendis de quelques mots de réconfort et lui annonçai dans la foulée – du ton le plus dégagé possible – qu'un gendarme était passé chez elle.

— Damien ? Je sais. Il vient de m'appeler. C'est lui qui m'a prévenue.

C'était la seconde surprise de la journée.

— Tu le connais ?

— Il nous avait reçues, Violette et moi, à l'époque où j'étais poursuivie par un dingue. Je trouve délicat qu'il se soit déplacé pour me mettre au courant. Nous avons parlé un long moment.

— De quoi ?

— Il veut comprendre pourquoi elle a agi ainsi.

— Depuis quand une tentative de suicide donne-t-elle lieu à une enquête ?

— Il n'a pas parlé d'enquête. Admettons que, ne nous ayant pas accordé beaucoup d'attention lors de notre première visite, il cherche à se rattraper. Violette avait confiance en lui. Je sais qu'elle l'a appelé plusieurs fois.

Un vieux réflexe m'incita à le discréditer :

— Tu crois qu'il se montre aussi compréhensif quand un vieux grincheux vient porter plainte contre ses voisins ?

Je m'étais toujours étonnée de voir Rebecca alterner des phases d'accablement et des mouvements de reconquête. Au cours de la semaine précédente, elle m'avait une nouvelle fois surprise en renaissant de ses cendres au moment où, pour moi, l'angoisse devenait intolérable. D'où lui venait ce regain d'énergie ?

Au fond de moi, je ne parvenais pas à comprendre pourquoi je m'étais effondrée avant elle. Mais des deux causes qui m'avaient laminée – son indifférence et la peur d'être confrontée à un assassin –, c'est la première qui m'avait paru la plus pénible.

Ma mère sauta dans un train et passa son dimanche avec moi. Nous n'avons pas prononcé quatre mots durant l'après-midi, mais sa force m'a réchauffée. Tandis que je me reposais à côté d'elle, je repensais à tout ce que j'avais vécu depuis mon arrivée à Annecy. Tu vas faire ta place dans le monde du travail, m'avait-elle dit quand j'avais fini mes études. Je me demandais dans quel enfer j'avais été entraînée.

À peine ma mère avait-elle quitté l'hôpital que Rebecca entra dans ma chambre. D'un coup, tout devint différent, même la couleur des murs. Une nouvelle fois, je fus émue par sa grâce, son élégance, la douceur de sa voix. Je frissonnai en reconnaissant le parfum de muguet qui l'entourait.

Elle s'assit près de moi, me prit la main aussi naturellement que s'il n'y avait jamais eu le moindre désaccord entre nous. Parla de tout et de rien. Du temps qu'elle avait mis pour venir de Genève, de la lumière qui tombait des montagnes à cette heure-là, de la gentillesse du personnel soignant. Sa présence était un baume, même si j'avais l'impression qu'elle me jouait la comédie.

Jamais elle ne m'interrogea sur mon désir d'en finir avec la vie. Ne fit aucune allusion à sa dureté envers moi pendant les dernières semaines, ni au concert-traquenard que je l'avais pressée d'annuler. Elle ne me demanda même pas si je souffrais. J'imagine qu'elle considérait mon geste comme une peccadille, voire comme une légère faute de goût, qu'il était plus poli d'ignorer.

En fin d'après-midi, une infirmière entra dans ma chambre. Mon amie se leva et me promit de revenir me voir. Je ne sais si ces paroles étaient dictées par une affection sincère ou par une certaine conception des convenances ou du devoir, mais je lui dis à quel point cette visite me ferait plaisir.

Même quand je doutais des sentiments de Rebecca, je ne pouvais m'empêcher d'éprouver pour elle une inexplicable reconnaissance.

Quand elle rentra à la maison, Rebecca me parut très triste. Avait-elle craint de perdre une amie ? Se jugeait-elle responsable de ce qui s'était passé ?

Violette se rétablissait à l'hôpital. Elle parlait encore difficilement, mais ses jours n'étaient pas en danger. On était manifestement sur la bonne voie.

Cependant, après m'avoir donné ces nouvelles, Rebecca pleura sur mon épaule. Après quoi, elle passa un doigt sur mes lèvres en répétant :

— Quel drame.

— C'est terrible, ai-je murmuré en embrassant ses cheveux. Mais le pire a été évité. À présent, elle va se remettre très vite. Et nous, nous devons penser à l'avenir. Je suis certain que nous allons être heureux ensemble.

D'où me venaient ces mots ? C'était bien difficile à dire. En revenant de la mort vers la vie, Violette avait brisé un engrenage et m'avait peut-être délivré d'un sortilège.

Deux jours plus tard, le gendarme nous rendit visite. J'ignore s'il s'était annoncé et plus encore si sa démarche était personnelle ou professionnelle, mais Rebecca parut soulagée de le voir.

Nous continuions, lui et moi, à nous observer du coin de l'œil, mais, ce soir-là, il ne me posa aucune question. C'est de lui qu'il avait envie de parler.

Depuis deux jours, il cherchait à comprendre le geste de Violette, qu'il se reprochait – alors même qu'elle l'avait appelé la veille – de ne pas avoir anticipé.

Pour ce faire, il avait interrogé plusieurs employés de DireXon. Ils lui avaient décrit une fille maladivement attachée à Rebecca, qu'elle essayait néanmoins de doubler sur le plan professionnel. Dans ce manège, ils décelaient un mélange d'admiration et d'animosité – réaction désolante mais fréquente chez de jeunes collaborateurs qui, par manque de repères, surinvestissent dans la vie de l'entreprise.

Une prénommée Ludivine avait ajouté que Violette, d'une nature un peu boulotte, s'imposait depuis peu un régime qui avait dû la déséquilibrer. Puis elle avait décrit d'une voix douce un cycle impitoyable : l'absence de professionnalisme conduisait fatalement à l'hyperémotivité, à la perte de confiance en soi puis à l'instabilité psychologique.

Le directeur général, qui passait pour un fin connaisseur de l'humanité, avait lâché une formule lapidaire : Violette était capable d'une agressivité qu'elle avait fini par retourner contre elle-même.

Estimant en avoir assez entendu, le gendarme avait examiné l'ordinateur de la jeune femme, où il avait découvert une face inconnue de sa personnalité. Mue par une attirance morbide, elle fréquentait des sites gothiques, sollicitant des profils d'un genre particulier. Leur pseudonyme en disait long. « Killer ». « Bloody Guard ». « Sang frais ».

Je constatais que Damien Escoffier baissait la voix, comme s'il s'apprêtait à annoncer une mauvaise nouvelle. Où voulait-il en venir ? Il finit par se jeter à l'eau en révélant que Violette utilisait des photos de Rebecca, associées au pseudonyme « Rose rouge ». Curieuse confusion des identités. Dans la pièce, l'atmosphère devint lourde. Mon amie avait les larmes aux yeux. Je me taisais. Nul ne songea à me demander mon avis.

— Violette flirtait avec la mort, a-t-il conclu. Jusqu'au jour où elle est allée au-devant d'elle.

Je hochai la tête avec respect, comme si cette remarque relevait du génie.

Rebecca m'avait pris la main.

Le gendarme resta un moment sur le canapé. Puis il se décida à prendre congé. Je me gardai bien de le retenir.

Quand Rebecca retourna à l'hôpital, elle me demanda de l'accompagner. Pourquoi pas ? Elle avait promis de revenir voir Violette et entendait bien tenir parole, mais la situation lui semblait si fausse qu'elle n'avait pas envie d'y aller seule.

Pendant sa visite, je l'attendrais à l'accueil.

Elle affichait, comme à l'ordinaire, une élégance sobre et discrète. Trois jours plus tôt, j'avais acheté sur ses conseils une veste bleu marine à fines rayures. Ce que j'avais pressenti le matin en croisant le regard approbateur de Faustina, le respect silencieux du personnel médical me le confirma : désormais, nous avions l'air d'un jeune couple prêt à passer devant M. le maire et M. le curé.

Je n'eus guère l'occasion de m'ennuyer dans le hall, où Rebecca reparut au bout de quelques minutes. Elle s'était contentée d'embrasser Violette – à laquelle elle parlerait peut-être un jour, quand elle la verrait totalement remise. L'heure n'était pas encore venue de crever l'abcès ni de lui reprocher sa duplicité.

Dans la soirée, elle me confia – comme si elle réfléchissait à voix haute – que, pendant tout le temps qu'avait duré le harcèlement, Violette s'était parfois montrée curieuse, presque intrusive.

Je l'entendis s'interroger :

— Qui sait le rôle qu'elle a tenu dans tout cela ?

— C'est du passé, ai-je répondu d'une voix qui ne mentait pas. Ce cauchemar est derrière nous.

La première fois que Rebecca s'était éloignée de moi au bras d'un homme – il s'agissait de Cédric –, elle avait été laminée. Aurait-elle plus de chance avec son nouveau chevalier servant ?

À l'hôpital, lorsqu'elle l'avait mentionné en précisant, pour justifier la brièveté de sa visite, qu'il l'attendait dans le hall, je n'étais pas parvenue à prononcer les mots qu'elle attendait peut-être :

— Je te souhaite d'être heureuse avec lui.

Quelque chose m'empêchait de parler. Quoi donc ? Une forme de jalousie ? Ou peut-être une intuition.

Le 21 juin, Rebecca rejoignit ses amis pour jouer au bord du lac le quatuor de Bach qu'ils avaient pris le temps de répéter. Soucieux de bien faire, je m'acquittais au mieux de l'étrange mission qu'elle m'avait confiée.

Je pris donc beaucoup de photos d'une assistance plutôt clairsemée car le temps, ce soir-là, était menaçant. Il me paraissait ironique de mitrailler ces gens au visage paisible qui devaient se demander ce que je leur voulais, et pourquoi je m'intéressais si peu aux concertistes. Mais que faire ? Il fallait bien que j'applique les consignes de l'aimée qui, soit dit en passant, me semblait me montrer plus de talent comme interprète que comme enquêteuse.

Je m'abstins évidemment de faire un selfie.

Sur le plan musical ? Aucune fausse note. L'accord des instruments était parfait. Il effaçait tous les chagrins passés et me laissait entrevoir un avenir sans nuages.

Je ne me suis pas méfié quand le gendarme m'a convoqué une nouvelle fois début juillet. Pour faire le point, avait-il dit. Se pouvait-il qu'il ait découvert autre chose sur Violette ? Voulait-il m'en parler avant d'en aviser Rebecca ? Je me suis offert le luxe d'arriver en avance.

Nous nous sommes salués. Une nouvelle fois, j'ai pensé que son regard me disait quelque chose. Peu importait. Par la porte du bureau, qu'il avait laissée ouverte, j'entendais le brouhaha des voix et des allées et venues. À quoi bon s'inquiéter ? C'était un matin ordinaire dans une gendarmerie pareille aux autres.

Il m'expliqua d'emblée pourquoi j'étais là : il s'agissait de dissiper un doute.

Par acquit de conscience, il avait appelé la mère de Violette, qui vivait à Bron. Une femme très humaine, souligna-t-il. Solide. Courageuse. Ils avaient passé un moment au téléphone.

— C'est elle qui, en donnant l'alerte, a sauvé sa fille.

— Je sais, ai-je répondu.

— Le *hic,* continua-t-il, c'est que, selon elle, Violette n'était pas suicidaire.

Ma première réaction aurait été de lui demander : qu'est-ce que vous voulez que ça me foute ? Insinuait-il qu'il y avait eu crime ? La belle affaire. Je n'étais – pour une fois – pas concerné.

La spontanéité n'étant pas toujours tenue pour une qualité, j'ai gardé le silence et attendu que ça se passe. Il m'a semblé que c'était comme ça qu'on se comportait dans ces cas-là.

— Savez-vous si Mlle Meyrowitz a déjà pensé mettre fin à ses jours ?

Le gendarme se caressait la joue en me regardant.

— Pas à ma connaissance, ai-je répondu.

— Je m'interroge sur l'ambiance qui règne chez DireXon.

Si j'avais ajouté un élément – un détail dont Rebecca m'aurait parlé, un souvenir qui m'aurait permis d'expliquer le geste de Violette –, c'en était fait : il m'aurait relancé et amené à me contredire.

D'ailleurs, je n'excluais pas qu'il puisse me tendre un piège.

Je me suis tu.

Longtemps.

Obstinément.

Alors il a changé de sujet.

— Cela fait longtemps que vous connaissez Mlle Meyrowitz ?

— Non, j'ai emménagé dans son immeuble début mai. C'est à cette occasion que nous nous sommes rencontrés.

— Vous avez l'air en très bons termes.

— Nous avons sympathisé.

— Vous êtes toujours aussi rapide avec les femmes ?

Où voulait-il en venir ? Ses questions se succédaient à un rythme soutenu. Je lui trouvais la hargne des jaloux.

— Avant cette date, vous n'aviez aucun lien avec elle ?

— Aucun.

Il a insisté.

J'ai confirmé.

Après quoi, il est allé fermer la porte de son bureau.

Il m'a regardé encore un moment avant de reprendre, avec un sourire sans chaleur :

— À présent, parlez-moi de cette autre Rebecca à laquelle vous sembliez tant vous intéresser, le soir où l'on s'est parlé au Nausicaa.

Remerciements

Toute ma gratitude au chef d'escadron Simon Halfon pour sa relecture attentive et ses précieux conseils.

La photocomposition de cet ouvrage
a été réalisée par
GRAPHIC HAINAUT
76, rue de Nancy
59100 Roubaix

Achevé d'imprimer en février 2023 par
La Nouvelle Imprimerie Laballery
58500 Clamecy (Nièvre)
N° d'impression : 302559

S33187/01

Pocket, 92 avenue de France, 75013 PARIS

Imprimé en France